LE PETIT LIVRE

à Quinze Sols.

AVIS.

L'abonnement est de 9 francs pour Páris, et de 11 francs pour les départemens, *franc de port.*

L'argent, les lettres et les paquets doivent être adressés *francs de port.*

On souscrit à PARIS, chez :

POULET, Imprimeur-Libraire, quai de Augustins, n°. 9 ;

PLANCHER, Libraire, rue Poupée, n°. 7 ;

DELAUNAY, Libraire, Palais-Royal ;

EYMERY, Libraire, rue Mazarine, n°. 30.

LE PETIT LIVRE

à Quinze Sols,

OU

LA POLITIQUE DE POCHE,

À L'USAGE DES GENS QUI NE SONT PAS RICHES;

Par le Père Michel,

Devenu Auteur sans le savoir.

~~~~~~~~~~~~~~~~~~~~~~~~~~~~~~~

5ᵉ. Tome.

~~~~~~~~~~~~~~~~~~~~~~~~~~~~~~~

PARIS,

IMPRIMERIE DE POULET,

QUAI DES AUGUSTINS, Nᵒ. 9.

~~~~~~~~~~~~~

1818.

LE PETIT LIVRE

à Quinze Sols.

DES PEURS PANIQUES
QUI COURENT LE MONDE.

———

Je veux parler des *peurs paniques*, (1) qui ne sont que les rejetons des *peurs artificieuses* dont bien des gens vivent.

1°. *Peur* que de nouvelles et prochaines catastrophes ne renversent le trône, selon les prophéties des Jérémies de la *sainte faction*, du dehors et du dedans.

—————

(1) Peurs imaginaires, peurs de bonnes femmes.

2°. *Peur* qu'une nouvelle révolution ne nous ramène la démagogie avec ses saletés, ses crimes et ses massacres; que cette révolution n'anéantisse pour toujours le système fondamental de la propriété, et par conséquent tout ordre social.

3°. *Peur* des armées étrangères, de la grande colère de la *Sainte-Alliance*, et de la volonté qu'elle aurait d'anéantir tout système représentatif.

4°. *Peur* que la guerre civile n'éclate au départ de ces armées.

5°. *Grande peur* au sujet de l'organisation des vétérans, et de celle de la garde nationale dans les départemens.

6°. *Peur* qu'une poignée de députés, qui marchent évidemment à la tête de l'opinion nationale, et dont la supériorité n'est pas moins sensible dans la balance des capitaux que dans celle du talent, ne jettent leurs millions à la populace, sur les places publiques, et dans les carrefours, enfin qu'ils ne se métamorphosent en *sans-culottes* et en *montagnards* de 1793!!!!!

7°. *Peur* d'une contre-révolution à l'anglaise, ou au moins à l'espagnole, pour des tems dont l'époque serait incertaine, et peut-être prochaine.

8°. *Peur* que quelques écrits, que quelques journaux ne nous rejettent en révolution et dans le cahos, ou au moins qu'ils ne nous causent de très-violentes agitations!!!!!

9°. *Peur* que quelques discours, quelques *mic-macs* de tribune, n'embrâsent la France tout-à-coup.

10°. *Peur* que quelques changemens dans le ministère n'amènent la subversion totale du royaume.

11°. *Peur* que les haines actuelles ne s'enveniment et ne se perpétuent entre les générations à venir.

12°. *Peur* que l'intolérance, le fanatisme, les persécutions et les croisades du seizième siècle, ne se renouvellent dans le dix-neuvième.

13°. *Peur* que la France ne puisse se relever de son malheur, et sans protection étrangère.

En désignant toutes ces peurs *paniques* sous un nom commun, quoiqu'elles naissent de causes opposées, quoiqu'elles s'appliquent à des objets différens, quoiqu'elles produisent des sentimens quelquefois tout-à-fait contraires, je n'ai pas joué sur le mot, j'espère le prouver dans la discussion.

Je sais qu'un viel *adage* dit *qu'on ne guérit pas de la peur* : cependant j'espère que les plus peureux, pourvu qu'ils veuillent bien raisonner avec moi de sang-froid, ne tarderont pas à partager ma sécurité, qui n'est ni plus, ni moins grande aujourd'hui qu'elle ne l'était en 1815 et 1816, lorsque tant de gens, effrayés jusqu'à l'épouvante, n'osaient ouvrir les yeux, de peur d'y voir clair, lorsque, pour se guérir du mal auquel ils étaient en proie, ils s'enivraient en buvant à grands traits *l'opium de la résignation.*

Si j'ai le bonheur de jeter quelque jour sur la matière que je traiterai, les ténèbres et les chimères disparaîtront à mesure que la lumière poindra.

Je déplairai à ceux qui ont intérêt d'effrayer les imaginations par ces chimères, par leurs inspirations *artificieuses.*

Je déplairai à ceux qui ont voulu, en un tems, des *resignés,* et qui veulent aujourd'hui des *peureux,* parce que l'une et l'autre espèce de gens cherche toujours des appuis et des protecteurs, ce qui les rend éminemment utiles aux intérêts de ceux qui se chargent de les protéger, moyennant qu'on leur reconnaîtra le droit d'agir et de dominer arbitrairement.

Je pourrais dire beaucoup plus, mais,

je ne dis jamais tout , comptant sur la sagacité de mon lecteur.

Des Factions et des Partis dont on nous fait peur.

Au milieu d'une épaisse nuit , le moindre bruit , et jusqu'au silence même , inspirent une sorte d'épouvante à l'homme qui est déjà tremblant : mais la plus faible lumière vient-elle à luire? l'esprit se rassure , les fantômes qui l'obsédaient fuyent avec les ténèbres : les sens reprennent leur action accoutumée , les pensées changent de nature et de direction : on juge ce qu'on voit , au lieu de déraisonner sur ce qu'on croyait voir , sur des êtres de raison , nés d'une imagination égarée , et d'un esprit malade.

Je passerai en revue toutes ces *peurs* , pour les détruire. Aujourd'hui je me contenterai de dire quelques mots sur la *peur* vue en général.

Je n'hésiterai pas à assurer que le premier et le plus utile remède, comme le plus nécessaire et le plus urgent pour la France, c'est la *lumière*, et surtout cette lumière vive qui pénètre tous les masques, et rend visible à tous les yeux, les traits hideux et les grincemens de dents que cachent ces masques, les griffes déchirantes qu'on a prises dans l'ombre pour des mains amies, et les poignards que la vengeance, l'orgueil, l'avarice et le fanatisme aiguisent en secret.

Jusqu'à ce qu'on ait mis fin à la berlue factice des Français, jusqu'à ce qu'on ait brisé les chaînes dans lesquelles on a jeté les journaux et tous les écrivains généreux et énergiques, les médecins qui prétendront guérir la France, ne feront tous que la tourmenter, qu'irriter même de plus en

plus sa douleur et son impatience : ils
ne feront qu'ajouter aux forces de l'é-
tranger et à celles de la faction qui
tremble que l'étranger ne nous quitte.

Tant que les hommes qui entre-
tiennent franchement la France de sa
malheureuse position, tant que ceux
qui dévoilent la vérité, et qui ont le
courage de découvrir les plaies dont
nous sommes frappés, seront traités
comme des contrebandiers, comme des
factieux et des provocateurs au désordre et aux révolutions, l'agitation des
esprits continuera, et l'irritation des
intérêts s'accroîtra progressivement.

En effet, quelques vérités fortes,
mais sans suite, quelques faux bruits
ou quelques *lubies* alarmantes émanées
de la tribune ou d'une plume furtive,
quelques confidences, les *on dit*, etc.,
sont aujourd'hui des canevas sur lesquels les passions brodent à leur gré,
ou sont, si l'on veut, comme ces mul-

tiplians qui centuplent à la vue, nuancent d'une manière hideuse, ou font paraître des colosses les objets les moins dignes d'être aperçus ou remarqués, ce qui jette les hommes dans cette maladie d'imagination où l'esprit et les sens ne servent plus qu'à propager l'erreur, qu'à multiplier les causes et les prétextes du mécontentement, de l'insoumission ou de l'agitation.

Lorsque les partis, dont on s'effraie tant, seront face à face, et s'accuseront librement, comme cela commence à avoir lieu au sujet de Lyon et du Midi, et comme il importe fort qu'on le fasse au sujet de l'Ouest, de Grenoble, et de cent autres lieux : lorsque chacun en viendra à dire la vérité, et à offrir de la prouver en justice, contre les persécuteurs, les oppresseurs, les jongleurs, les proditeurs, etc. ; lorsque les partis, en s'accusant, découvriront réciproquement leur propre

faiblesse à tous les yeux ; lorsque dans
les accès de la fièvre ardente qu'ont
occasionnée les passions, lorsque dans
leur fougue indiscrète, les factieux et
les oppresseurs dérouleront leurs desseins secrets , en ne croyant dérouler
que ceux de leurs ennemis , les hommes qui tremblent aujourd'hui sur l'a-
venir, seront honteux de la *peur pani-
que* à laquelle ils auront été en proie
jusques-là.

Toute faction , quelle qu'elle soit ,
quelque puissans que soient ses chefs,
n'est néanmoins qu'un atôme devant
une masse nationale qui a la ferme
résolution d'assurer son repos, et qui
est éclairée sur les desseins de ceux
qui veulent le troubler.

Lorsqu'une faction est forcée de se
concentrer en elle-même, ou lorsqu'elle
trouve des barrières insurmontables qui
ne lui permettent de déployer qu'une
partie de ses moyens, elle fait grand

tapage, pousse des clameurs furieuses,
s'agite avec violence dans son propre
sein, éclate en menaces, en mépris, etc.
Mais, comme le dit Sully, plus elle fait
de bruit, plus elle prouve qu'elle ne
peut faire que du bruit.

Cependant cette faction, comme tous
les objets vus à distance, ou jugés dans
l'obscurité; cette faction, aux yeux des
hommes inexpérimentés ou timides, pa-
raît colossale. On lui suppose aisément
de grandes forces, et elle se les suppose
aussi à elle-même, parce que le propre
des assaillans, par orgueil, est toujours
de mépriser leur ennemi et de ne voir
clair dans leur propre situation qu'a-
près le combat.

Qui ne sait que dans les tems d'agitation, chaque héros de salon se regarde
comme un héros de bataille? Quel est
le capitaine de cinquante paysans mal
habillés qui ne se croit pas destiné à
acquérir une gloire éclatante? Quel est

le chef de deux ou trois cent hommes
qui ne se regarde pas comme un grand et
invincible général? Habitans de l'Ouest
et du Midi, dites si j'exagère, pour
avoir sujet de blâmer les hommes de
parti, ou de jeter du ridicule sur eux!

Les comparaisons, lorsqu'elles sont
exactes, sont des miroirs de vérité :
qu'on me permette donc de comparer
ici la grande faction qui a causé tous
les maux de la France et qui l'agite
encore (mais sans être à craindre, au-
trement que par le beau jeu qu'elle
donne aux coalisés); qu'on me permette, dis-je, de comparer cette faction
si audacieuse, aux débris d'une armée
d'invalides, ou à un ramassis de femmes,
de vieillards, de gens de tous états ,
courant la fortune, sous le masque, etc.,
ramassis dans lequel chacun , durant la
nuit, aurait allumé un grand feu, ce qui
donnerait à une poignée d'individus
un air d'autant plus formidable, qu'un

grand bruit ajouterait encore aux illu-
sions venant du nombre des feux.

Maintenant on le demande, si c'est
bien là la position des factieux dont il
est question, croit-on que les com-
mandans d'une pareille *ligue* puissent
être assez insensés pour attendre la
lumière qui en démasquerait la faiblesse et le ridicule ?

Prophétie.

Apprenons par le passé à juger
de l'avenir. Comment ont fini toutes
les insurrections locales ? leurs chefs
n'ont-ils pas toujours capitulé avec les
généraux qu'on avait envoyés contre
eux à la tête de quelques régimens ?

Il en sera ainsi, on n'en peut douter,
de cet essaim de revenans (1) qui nous
obsèdent, le jour même où le bandeau

---

(1) Je parle de ceux qui sont sortis de la
vieille poussière aristocratique.

*

qui a été mis sur nos yeux sera levé ; le
jour où nous recouvrerons la vue politique ; le jour où nous pourrons compter les combattans dans ces camps si
terribles, à en croire ceux qui ont intérêt à nous le persuader : il en sera ainsi
le jour où nous pourrons porter le flam-
beau dans ces antres de prétendus cons-
pirateurs qui menacent l'État; le jour où
la France sera rendue à la lumière, où
les journaux cesseront d'être un composé
dégoûtant d'artifices dans lesquels la
vérité elle-même n'est pas moins funeste pour l'esprit public, que le men-
songe et la fourberie ; parce que quelques grains de vérités qu'on y met par
calcul, font avaler le poison de l'erreur
tout entier; ce jour-là, la masse nationale qui veut décidément en finir, et
qui ne songera jamais à heurter , *qu'on
en soit sûr*, le pouvoir qui la rendra
heureuse, la masse nationale sera *débétée*

pour me servir encore de l'expression de *Guy-Patin*.

La nation verra qu'une poignée d'intérêts individuels, malheureusement trop et trop long-tems protégés, que quelques hommes de cour, en créant dans l'État un pouvoir qui *empêche*, quand il ne peut *commander*, (et dont les alliés sont naturellement tous ceux du dehors et du dedans qui sont les plus âpres à la curée du trésor et des honneurs,) ont seuls causé toutes nos agitations et tous nos malheurs.

Alors nous aurons pitié de quelques chefs inhabiles et présomptueux faisant mouvoir, à l'aventure, des escouades de brouillons, de faméliques de tous rangs, d'incrédules jouant le fanatisme, de paysans abusés, de commères politiques, (je ne veux pas en nommer d'autres, quoique j'en sois bien tenté) auxquels ils ont promis, comme de raison, monts et merveilles pour les rendre plus âpres à la proie, et plus audacieux dans le désordre.

Le jour où la France aura la permission de se servir enfin de ses yeux et de sa voix, tous les hommes honnêtes qui ont été entraînés dans la faction, par crédulité, par séduction ou imitation, par un sentiment erroné de devoir, ou d'honneur, par une suite d'habitudes, ou d'un mouvement de louable compassion pour le malheur, ou par calcul pour leur propre sûreté : ceux qui, par vanité, et dans l'espérance de la fortune, se sont rangés sous les drapeaux de nos nouveaux et orgueilleux révolutionnaires, seront bientôt désenivrés à la vue des desseins secrets de leurs patrons, à la vue du vide et de la folie de leurs plans, et de leur manque de moyens, à la vue de leur petit nombre, et surtout des dangers certains auxquels les exposerait eux-mêmes leur entêtement.

Alors la défection générale commencera , et dans quelques jours elle sera complète : chacun s'estimera heureux d'être admis à rentrer dans le sein de cette masse nationale qu'il aura tant méprisée et tourmentée, (que notre subite pacification intérieure 'en 1800 soit la preuve de ce que nous avançons) et nuls évènemens, nulle puissance humaine, nul embaucheur ne pourront plus arracher les hommes au repos.

Les chefs de la faction , aujourd'hui si vains et si présomptueux , n'étant plus entourés que d'hommes sans considération ou de quelques bandes d'énergumènes indisciplinés, qui ne seront plus dangereux que contre eux seuls, se hâteront de pourvoir à leur propre sûreté; les plus sages et les moins énergiques composeront : le reste ira dans l'oubli ronger son frein et consumer sa vie dans le vain et douloureux regret de n'avoir pu réaliser les rêves de son orgueil, de sa cupidité, de ses vengeances, et le bonheur de la France sera le supplice de ces hommes en démence.

C'est ainsi que finirent, c'est ainsi que finiront toujours toutes les révolutions qui ont eu et qui auront pour but l'affranchissement d'un grand peuple opprimé par *l'aristocratie.*

Un homme dont les jugemens sont des décrets a dit, il y a long-tems, que les monarchies absolues qui ont été renversées par les peuples, ne peuvent plus se relever qu'à l'avantage de ces peuples. Notre Charte le prouve déjà, et la création, la consolidation successive des institutions et des lois qui en dérivent, comme des conséquences nécessaires, ajouteront chaque jour de nouvelles preuves à cette assertion.

DE LA CHARTE.

—

C'est une excellente et salutaire chose que la *Charte*, mes bons amis ; vous ne l'aimerez jamais assez, et vous ne pourrez jamais déployer trop d'énergie pour sa défense.

Il n'y a pas un seul homme, quel qu'il soit, à moins qu'il ne soit l'ennemi de son pays, et de toute liberté, de toute paix, de toute justice, et je pourrais bien dire aussi de toute religion (car Dieu condamne les vanités et nous ordonne de vivre en égaux comme des frères, d'où il suit que la religion n'est qu'un masque pour tous les orgueilleux); il n'y a pas un homme, je vous l'assure, qui veuille détruire la

Charte, ou qui en fasse secrètement risée, en la foulant aux pieds, quoi qu'il lui porte de grands respects en apparence, que vous ne deviez regarder d'un œil aussi inquiet que vous pourriez faire un méchant qui aurait le dessein de s'emparer, par force ou par ruse, des titres de votre champ ou de votre vigne.

Jusqu'à cette heure, vous vous êtes beaucoup trop endormis sur l'article de vos lois fondamentales, dites des *constitutions*, d'où bien des maux vous sont arrivés, et même tous vos maux, je puis le dire.

N'est-il pas vrai que pour faire vivre des voisins en paix, il faut qu'il y ait une loi qui règle la part d'un chacun ? car quand tout est en commun, c'est, comme on dit, *au plus fort la poche,* et, quand on en est là, vous savez que cela ne va guère bien, et que si on n'en vient pas à se battre, on se dévore en procès, et à *tout le moins*, qu'on vit comme chien et chat, s'injuriant et se menaçant, par gros mots, chaque jour de la vie.

Comme chacun veut avoir le sien, de tout tems on mit donc des bornes entre les domaines pour les séparer. Une commune n'a-t-elle pas aussi ses terres et son *fait* à part? De même chaque département, chaque royaume? Est-ce qu'il n'y a pas aussi le proverbe qui dit « que le charbonnier doit être le maître dans sa cabane? »

Mais est-il donc moins indispensable d'avoir une règle, une loi inébranlable dans les affaires, dans les droits politiques, que d'en avoir une dans tout le reste? Si on croit devoir prendre tant de soins pour régler les plus petites choses, dira-t-on qu'il n'en faille pas plus encore pour régler les grandes? Ne faut-il pas augmenter la sévérité de la discipline en proportion du nombre des hommes qu'on a à conduire et du dommage qu'ils peuvent causer ?

Il suit donc de là qu'il faut des règles bien plus exactes , bien plus fixes et bien plus rigoureuses , pour conduire tous les citoyens d'un royaume , que pour conduire seulement une province, une contrée, une commune ou un hameau ?

Voyez ce qui vient de Dieu , les saisons , le lever et le coucher du soleil , tout enfin ne va-t-il pas régulièrement, de façon que chacun, comptant sur cet ordre général, travaille et dirige son industrie en conséquence ?

N'est-il pas vrai que quand il y a du dérangement dans les saisons, le laboureur et le vigneron en patissent cruellement, et qu'il ne faut qu'une sécheresse, ou trop de pluies , ou une gelée d'hiver durant le printems, pour les ruiner quelquefois tout-à-fait ?

Eh bien ! mes bons amis, c'est abso-

'lumént tout de même en fait de gouvernement.

Quand les droits de chacun sont
bien fixés, quand il n'y a point d'em-
piètement des uns sur les autres, tout
le pays est en un grand repos et con-
tentement. Chacun, sachant sur quoi
compter, va et vient, travaille pour lui
et pour sa famille, en assurance que
personne ne viendra ni lui arracher ce
qui est à lui, ni le disputer, ni le mépriser mal à-propos, ni lui dire: «Tire-
toi de là que je m'y mette. »

Dans un pays qui a le bonheur d'a-
voir une bonne *Charte* comme la nôtre,
et bien exécutée de tous points, comme
cela fut autrefois en Angleterre, et
comme cela est aujourd'hui chez les
Américains, ceux qui font les lois de
détail ayant toujours en vue, et pour
premier devoir, de respecter et de conserver cette *Charte*, dont le but et

l'objet sont le *bonheur du peuple* (1), jamais on ne les voit ordonner aucune chose qui ne soit conforme à l'intérêt de toute la nation , et à la loi fondamentale , qui est la source d'où doivent découler toutes les autres lois , et ainsi le bonheur du peuple se trouve véritablement garanti.

Toutes les fois, au contraire, qu'on viole une Charte , le désordre se met tout-à-coup dans la machine du gouvernement.

D'abord il y a des *corps* qui , cherchant leur avantage particulier aux dépens du bien général, s'attribuent une autorité sans titres, une suprématie, des priviléges vexatoires, et tout ce qu'ils empiètent est autant de pris sur

---

(1) Avant la révolution, la noblesse, et même la bourgeoisie, ne voulaient point faire partie du peuple : sous la Charte, tout citoyen fait partie du peuple , s'il n'est du sang royal, ou de la pairie.

la liberté et les droits du reste des citoyens.

Ensuite, les individus qui composent
ces corps se font aussi leur part per-
sonnelle ; car, un fait bien sûr, c'est
que dans tous les pays où les lois fondamentales sont violées, chacun vise à
ses fins, et ceux qui violent ces lois ont
beau dire, protester, écrire qu'ils
n'ont en vue que le bien public, il n'y
a que les sots qui la croient, il n'y a
que les complices à le soutenir.

Or, voyez-vous, quand chacun vise
à ses fins, comme il ne peut réussir,
que ce ne soit par le dommage causé
au plus grand nombre, ou au moins à
quelques citoyens, on ne peut pas dire
où cela s'arrêtera ; et aussi voit-on
toujours le désordre croître, et l'agitation se perpétuer, ou même à la fin
se changer en furie, du côté où il y a
trop de souffrances.

Il y a tourment partout, quand

*

chaque personne ne se met en peine que de bien s'arranger pour son propre compte, sans s'inquiéter de ce qui en résultera pour les autres ; et si c'est dans les personnes qui font les lois, ou qui administrent, soit la justice, soit les autres affaires, que le désordre commence, on le voit bientôt se répandre jusque dans les derniers rangs, et attaquer jusqu'à la tranquillité des plus petites gens parmi le peuple.

En effet, là où tout se tient, là où chaque homme dépend de tous les autres, s'il y en a un seul qui vienne à occuper plus de place qu'il ne lui en aurait été accordé dans l'ordonnance générale du tout : ou mieux que cela encore, s'il en est un grand nombre qui empiète sur ses voisins, vous voyez bien qu'il faut que les pauvres voisins soient foulés, et qu'il faut qu'ils soient écrasés comme sous un pressoir.

Prenons un autre exemple pour vous faire mieux sentir tout cela.

On calcule qu'il faut une telle quantité de pain et de viande pour bien nourrir un régiment.

Si la distribution est bien faite et fidèlement, chacun aura à sa suffisance, tout ira bien, personne ne souffrira de la faim, ni ne se plaindra.

Si au contraire il y a du gaspillage, ou si les chefs se réservent des parts excessives, et permettent aux sous-chefs de faire de même, chacun de leur côté, le pauvre soldat mourra de faim, ou au moins il dépérira ; il sera mécontent, fera du bruit, se mutinera et se révoltera même à la fin, parce que, comme l'on dit, *ventre affamé n'a point d'oreilles* ; mais ce n'est pas tout.

Les chefs s'habituant tout de suite à regarder comme choses leur appartenantes celles dont ils se seront emparés par ruse ou par force, ils feront des *ordres du jour terribles*, qui, au lieu de guérir le mal, ne serviront qu'à en faire détester les auteurs.

On aura beau punir les propos et les cris, les nommer du nom de séditieux, et du nom de rebelles ceux qui les proféreront, on aura beau mettre les pauvres soldats en prison, les faire passer aux verges, etc., cela n'empêchera pas, bien loin de là, le régiment de se perdre et de se corrompre, parce qu'il se trouvera des hommes méprisables qui se vendront pour avoir part dans les rations volées? on verra les soldats ennemis les uns des autres, se dénonçant, se haïssant, se persécutant, et si, en un tel moment, le régiment vient à être attaqué, on peut bien être sûr que quelque braves que soient tous les hommes, pris un à un, ils seront battus, désarmés, emmenés prisonniers, parce que si *union fait force*, *désunion fait* aussi *faiblesse;* et on viendra ensuite

accuser le régiment, comme si c'était
sa faute!!

Voilà au juste, vous pouvez bien
m'en croire, une image fidèle de ce qui
arrive toujours, tôt ou tard, là où il n'y
point de Charte, où bien là où la
Charte n'est point exécutée: car *Charte
respectée* et *bon ordre* c'est tout un :
comme pouvoir *arbitraire* et *désordre* est
aussi tout-à-fait la même chose.

Vous voyez donc que notre bonne
Charte n'est point une chose indifférente
pour vous, qu'au contraire tout votre
bonheur dépend de sa conservation, et
que c'est une chose dont vous devez
vous occuper très-sérieusement, parce
que dans la *Charte* se trouvent les mêmes
garanties de tous vos droits, et de
toutes vos affaires, que dans le cours
régulier des saisons se trouvent les as-
surances de la moisson ou de la vendange.

D'une part comme de l'autre, tout

le bien et tout le mal partent d'une source unique, et il ne vous serait pas plus possible de compter sur la liberté de votre personne, sur la conservation de votre propriété foncière ou mobilière, sur votre tranquillité, sur la paix du dehors et du dedans, sur la bonne union entre Français, si vous n'aviez point de *Charte*, ou si elle était violée, qu'un laboureur ou un vigneron ne pourraient compter sur la moisson ou sur la vendange, si les saisons, au lieu de se succéder régulièrement, se succédaient par hasard, s'il faisait chaud en janvier, et s'il gelait en juin, ou s'il faisait sec en novembre et humide en juillet.

Du Droit de Propriété.

En supposant, et cette supposition-là m'a bien l'air d'une vérité, que tous les Français ne soient, ainsi que chaque

peuple, qu'une grande famille, ne con-
vient-il pas de dire qu'ils doivent tous
vivre et être traités en frères, et ainsi
avoir un intérêt commun, des *droits
égaux ?*

Ce ne serait donc qu'une mauvaise
plaisanterie, faite contre nous autres
petites gens, de nous dire : *Vous vivez
sous un gouvernement paternel*, s'il y en
avait parmi nous qui eussent tout ce
qui est bon à leur discretion, tandis
que les autres n'auraient que la charge
de tout payer, de tout souffrir, et encore, d'être méprisés ?

C'est pour cela que les impôts sont
supportés également par tous, ce qui
n'était pas autrefois, comme vous savez. Or, le principe d'égalité qui veut
cela, doit aussi être appliqué en toutes
les autres choses ; ce qui ne veut pas
dire qu'on doive partager les biens des
riches entre ceux qui n'ont rien, parce
qu'il n'y a point d'égalité à établir en-

tre un homme laborieux, adroit, actif,
habile, et un butor, un endormi et un
fainéant.

Le bien dont jouit un chacun ne
peut donc pas plus lui être disputé qu'on
n'aurait le droit de prendre une part,
quand on n'a point travaillé, dans le
prix du travail de son voisin, quand il
a bien sué pour gagner ce prix.

Dieu a fait la terre pour tout le
monde, c'est bien vrai ; mais qui oserait dire, en partant de là, qu'ainsi il
faut la remettre en partage ? Ce serait
vouloir tout bouleverser, au détri-
ment des hommes *laborieux*, et au
profit des *lâches*, des *mal-habiles* et
des *fainéans* : ce serait encore monter
une *tuérie* générale.

Remarquez bien que si on voit un
homme faire sa fortune, honnête-
ment je veux dire, c'est par son talent, son travail ; ainsi il est clair que
celui qui jouit aujourd'hui d'une grande

fortune, s'il ne l'a pas faite lui-même,
la tient de ceux qui l'ont gagnée avant
lui à la sueur de leur front, ou par
leur industrie (ce qui a tourné à l'a-
vantage du peuple dans le tems,) ; la
fortune de cet homme lui vient donc
du bon côté, du côté de la justice, et
ainsi nul n'a le droit de la lui disputer,
parce qu'elle lui appartient aussi légi-
timement qu'au plus pauvre homme
appartiennent sa hache, sa bêche, son
âne, son lit et son dîner : attendu que
le droit de propriété est le même pour
tous les hommes, quels que soient son
prix et sa valeur plus ou moins
grande.

Des propriétés politiques.

La propriété des terres, des mai-
sons, de l'argent, des marchandises,
n'est pas la seule, vraiment, sur

laquelle il vous convient de veiller.
Vous en avez bien d'autres qui ne va-
lent pas moins et dont vous ne vous
mettez pas assez en peine, ce qui fait
que tout ne va pas si bien qu'il de-
vrait aller!

Votre personne n'est-elle pas la première des propriétés, puisque quand
on vous prive de la liberté, puisque
quand on vous met en cage, vous êtes
moindres que les bêtes de l'étable et de
l'écurie, et moins bien soignés, puisque vous ne pouvez plus jouir de rien
de ce que vous possédez ?

Le repos public, la faculté d'aller et
de venir librement à vos affaires, la
faculté de vous amuser quand cela vous
plaît, le droit commun à la distribution
de la justice, ou des places, pensions
et salaires, chacun suivant son mérite ;
le droit d'adorer Dieu comme il vous
convient, de vous refuser à faire tout
ce que la loi n'exige pas de vous, et

de faire tout ce qu'elle n'interdit pas ;
le droit de dire et de publier vos pensées, soit par lettres, soit dans des livres ; le droit de n'être humilié ni mé-
prisé par personne, et de n'obéir qu'à
ceux qui ont été faits vos maîtres par
la loi seule, et seulement aussi dans
l'espèce de choses qu'elle a détermi-
nées : la *Charte* qui est le titre de tous
vos droits, comme vos actes et con-
trats ou billets, sont ceux des choses
qu'on évalue en argent ; le droit d'a-
voir des députés qui soient bien à
vous et uniquement dans vos intérêts :

Tout cela ne fait-il pas de véritables
propriétés, ou bien n'est-ce pas pré-
cisément en tout cela que se trouvent
les garanties de ce que vous nommez
vos propriétés ?

Car enfin elles ne sont rien ou presque plus rien quand vous n'avez pas
sûreté entière sur tous ces points, et

la force ou la fourberie ne vous attaquent sur ces points , que pour parvenir à disposer de vos propriétés : le
fin mot de ceux qui se font durement
les maîtres, étant toujours de s'emparer de la fortune de ceux qu'ils oppriment ou qu'ils tourmentent , soit pour
leur propre usage ; soit pour fournir
au paiement de ceux qui les servent et
travaillent pour eux.

Le bonheur du peuple tient à la Charte.

Vous concevez donc bien que la
Charte est véritablement la grande affaire , et que si tout était culbuté sur
cet article, ou seulement brouillé, em-
pêché , ou dénaturé, tout irait de mal
en pis.

La *Charte* est la source de tout. C'est

comme la fontaine d'où coulent et les
lois et toute justice : en tarir la source
ou détourner son cours, ou absorber
ce qui en sort, pour un autre usage
que celui auquel il était destiné,
c'est faire autant de mal à la nation,
qu'on ferait de mal à une prairie en
tarissant la fontaine, ou en détournant
les eaux du ruisseau qui y entretient la
fertilité et la verdure.

Imaginez ce qui arriverait si les lois
ne commandaient pas la part que chacun doit prendre dans un grand héri-
tage partageable entre une foule de
cohéritiers. N'est-il pas vrai qu'il y
en aurait qui voudraient faire le partage de *Montgommery : tout d'un côté et
rien de l'autre;* qu'il s'en trouverait qui
s'assembleraient à mauvais dessein, et
qui complotteraient ensemble pour
dépouiller les plus faibles, les plus niais,
et pour s'emparer de tout, ou au moins
du meilleur ?

Eh bien! c'est tout-à-fait la même chose dans le gouvernement d'une nation : c'est à qui s'exemptera des charges, à qui attrapera une plus grande part des deniers du trésor, à qui aura plus d'autorité sur les autres, soit par les places, soit par les protections, les usurpations, la force, la fourberie : ainsi c'est pour donner une place fixe, des obligations et un pouvoir réglés à chacun, qu'une *Charte* était nécessaire, et c'est pour cela que le Roi nous en a donné une qui n'est plus à lui désormais ; d'ailleurs ces lois-là sont dans un gouvernement au-dessus de tout pouvoir humain, car on ne peut *donner* et garder le *don*, et nulle main ne peut en arrêter la marche, ou en changer la nature, plus que celle de la lumière du soleil.

Supprimez la *Charte*, ou seulement violez-là, vous verrez tout tomber dans un tourbillon épouvantable : les lois

n'ayant plus de garanties, puisque
leur source sera détruite, ou étant mauvaises, parce que leur source sera gâ-
tée, personne ne saura plus sur quoi
compter.

Il y aura des gens qui diront : « Je
me moque bien des lois, je suis au-
dessus d'elles, il faut que tout aille à
ma volonté. »

D'autres : « Puisque les lois ne me
protègent plus, je n'obéirai que quand
la force m'y contraindra ; je ne dois aucun amour, aucun respect à une autorité
qui ne sert plus qu'à me tourmenter, et
qui ne me protège point contre ceux
qui m'attaquent ; » et tout ira de mal
en pis, jusqu'à ce que les *ligues*, les
partis et les complots de guerre se
buttent les uns contre les autres.

On cherchera le remède partout
ailleurs qu'il ne sera , parce que ceux
qui auront fait le mal le rejetteront sur
ceux qui en souffriront , imitant cet

homme qui s'était couché, tout de son long, sur un pauvre diable qu'il écrasait, et qui se mit à le battre, lui reprochant de remuer, *exprès pour l'empêcher de dormir.*

Dans l'embrouillement des affaires, on tombera donc, à grands coups, tantôt sur l'un, tantôt sur l'autre, autant qu'on sera le plus fort : ou bien si on est le plus faible, on laissera faire les brouillons ; ou bien encore, si on est d'accord avec eux, on leur mettra la bride sur le cou, et on les autorisera à tourmenter, à mépriser le monde, à leur volonté et impunément.

Le mal ira toujours grossissant, et puis le peuple se trouvant enfin excédé de misères, se mettra en colère. Il ne manquera pas de mauvais conseils, de brûlots qui le pousseront à tout, et le malheureux, victime de tous côtés, sera encore accusé, pardessus le marché, de tout le mal qu'il se fera et aux autres, en se débattant contre la souffrance!!!(1)

Voyez un village qui est dans le fond d'une vallée ayant au-dessus de lui un grand étang dont les eaux sont contenues par une bonne chaussée.

Voyez ce qui arriverait si quelques personnes d'en haut trouvant que les eaux les gênent, ou voulant s'emparer du terrain qu'elles couvrent, venaient rompre la chaussée ; ou bien si quelques personnes ne s'occupant que de leurs affaires, et se moquant de celles des autres, venaient faire en *cachette* des saignées à la chaussée pour *abonir*, aux dépens des eaux de l'étang, les prés qu'ils auraient dans le valon.

« Ces saignées ne sont rien, diraient-ils, nous n'attaquons point la masse de la chaussée qui demeurera toujours en son entier ; nous ne faisons de tort

_____

(1) Voir la guerre de *la jacquerie*, dite du *bien public*.

à personne en tirant quelques filets d'eau de l'étang. »

Oh ! il ne s'agit que d'écouter les gens qui plaident pour leur saint, ils ont toujours raison, à les entendre ; mais n'est-il pas clair que bientôt la grande masse des eaux s'ouvrira un large passage dans ces petites voies, et que si le village n'est pas submergé par la rupture subite de la chaussée, au moins l'étang se desséchera, à la longue, parce que le premier exemple sera imité, parce qu'il se trouvera chaque jour des gens qui diront : « J'ai autant de droit à prendre de l'eau qu'un tel et un tel. »

C'est toujours comme cela qu'il en arrive, mes bons amis, dans toutes les affaires de gouvernement qui ne sont pas soumises à la règle invariable d'une *Charte* fidèlement et religieusement exécutée ; et c'est de là que vient cet épuisement de la fortune publique et des fortunes particulières , par les impôts excessifs, par les emprunts qui ruinent aussi bien un état qu'une famille , car il faut payer les intérêts ; de là viennent ces *haut-le-corps*, ces convulsions et ces révolutions qui font tout périr sans choix , bons et mauvais , innocens et coupables , riches et pauvres , princes et peuple.

Voulez-vous avoir une paix que rien ne puisse troubler , au dedans et au dehors? veillez à la conservation et au maintien de la *Charte*.

Vous endormirez-vous lorsqu'on l'attaquera à force ouverte , ou lorsqu'on la minera en-dessous? Laisserez-vous le soin de nommer vos députés à ceux-là mêmes contre lesquels la chambre des députés doit vous défendre?

Direz - vous : « Que me fait la *Charte* ? qu'elle subsiste ou qu'elle soit renversée, cela ne m'empêchera pas de labourer ma terre,

de fabriquer mes étoffes , etc. » Ah !
malheureux , dans quel aveuglement
vous êtes ! Disiez-vous cela dans les
jours de révolution ? Non. Eh bien !
apprenez qu'il n'y a que la *Charte* qui
puisse empêcher les révolutions de se
renouveler, et que rien que de la suspendre en un seul point, met tout le
corps de l'état, et par conséquent tous
les citoyens en danger. »

En voilà assez sur l'article pour aujourd'hui ; mais j'y reviendrai souvent ;
car j'ai été , comme vous , tout-à-fait
indifférent sur cela ; mais depuis que je
suis à l'école de ces messieurs , j'ai bien
déchanté, et j'ai vu une belle quantité
de misères possibles , ou existantes ,
dont je n'avais seulement pas l'idée ; il
vous en arrivera comme à moi : vous
commencerez par bâiller un peu, et puis
vous ne tarderez pas à dire : « En vérité , le *bonhomme Michel* a bien raison

de nous avertir, car il y fait chaud ;
tenons-nous donc bien et prenons goût
à des choses qui sont si sérieuses que
ce que nous avons de plus cher en
dépend.

———

DE L'OPINION.

§ Ier.

L'on ne cesse de parler de la force invincible de *l'opinion publique*, et il est vrai de dire qu'il serait impossible de lui attribuer jamais une puissance plus grande que celle qu'elle exerce réellement. Mais les hommes ne s'entendent pas toujours en parlant de l'opinion. Chaque parti, chaque *cotterie*, chaque homme même nomme son opinion *l'opinion publique*, et il arrive de là qu'il n'est point de matière dont on parle, qu'il n'est point d'expression dont on fasse usage, en sens plus divers et même plus opposés.

L'opinion publique est cette voix qui

exprime les besoins et les vœux , la résistance ou l'approbation des masses nationales qui ont acquis la *perception* et le *sentiment de l'intérêt commmun ;* ou autremeut elle n'est que la voix de l'intérêt national et de l'esprit public.

Qu'on juge par-là combien sont présomptueux ou aveugles ceux qui considèrent l'opinion des salons comme l'opinion publique !

Pour la connaître , il faut découvrir étudier et comprendre l'*intérêt commun* d'une nation.

§ II.

Le but réel de toute domination absolue n'est pas le vain plaisir de donner des ordres, seulement pour avoir le plaisir d'en donner. Son but est la conquête des richesses.

Sans l'appât et le partage des richesses, les tyrans ne trouveraient ni par-

tisans, ni complices, ni juges sacrifi-
cateurs, ni meurtriers.

Si les opprimés n'étaient pas retenus
par la crainte d'être dépouillés de leurs
richesses, on tenterait en vain de les
soumettre, et l'on peut assurer même
qu'il n'est pas de peuple plus facile à
soulever, et plus prêt à se porter aux
derniers excès que celui qui est réduit
à une extrême misère. (1)

―――――――

(1) Les sauvages ne possèdent rien, et l'on
sait qu'il n'est point de forces humaines qui
puissent les soumettre.

Un sauvage du Canada, chef d'une tribu
guerrière alliée de la France, se trouvait à
Québec chez le gouverneur français, et
assis par terre, les jambes croisées, il fu-
mait sa pipe. — Veux-tu dîner avec le gouverneur ? lui dit l'un de nos officiers. —
Non, répondit le guerrier sauvage. — Cependant c'est un grand honneur qu'il t'accorde. — Un honneur ! tu badines sans
doute ; car notre père qui est de l'autre côté

Par la même raison, lorsque la ty-.
rannie est tellement furieuse ou mena-
çante qu'il n'est aucun citoyen qui soit
assuré de conserver ce qu'il possède,
aucun citoyen qui ne soit attaqué dans
ses propriétés, dans sa personne, le
soulèvement est imminent, ou au moins

---

du grand lac (il voulait dire le roi) peut
lui ordonner lui-même, ou lui faire ordonner par un de nos frères (par un autre
Français) d'aller ou de rester; il peut lui
ôter tout ce dont il jouit, le faire enfer-
mer, etc.; mais moi, de qui ai-je des ordres
à recevoir? Qui peut me dire : « Va ici,
va là, je veux que tu restes où tu es, que tu
n'ailles pas où tu voulais aller, que tu mar-
ches au lieu de te reposer, que tu chasses ou
que tu pêches pour moi ? » C'est moi qui
suis un homme, car je suis libre ; c'est donc
moi qui ferais honneur à ton gouverneur.
Va lui dire cela de ma part ; et dis-lui encore que ce qu'il nomme grandeur n'est à
mes yeux qu'esclavage, et que ses vaines
richesses ne sont pour lui que des chaînes.

✱

une résistance collective est inévitable, parce que l'homme ne reste *neutre*, dans les crises politiques, qu'autant qu'il ne se trouve pas attaqué gravement dans ses intérêts ou dans sa personne.

Il est facile de s'expliquer, d'après cela, comment les nations purent supporter si long tems le despotisme féodal.

§ III.

Dans les tems anciens, les grands propriétaires se trouvaient tous dans le clergé et dans la noblesse, entre lesquels le prince distribuait les richesses qu'il arrachait arbitrairement au peuple; aussi dans l'histoire de notre monarchie, aucun trouble sérieux n'est survenu du côté du peuple, tant qu'il est demeuré étranger à la possession des grandes richesses.

Jusqu'à ce qu'une grande nation ait

commencé à acquérir les richesses industrielles, il est impossible qu'il existe aucun concert entre les intérêts des individus populaires. Chacun d'eux vit sur un petit coin de terre, isolé dans un atelier, dans une boutique, n'ayant des rapports qu'avec ses proches voisins, rapports circonscrits dans un cercle extrêmement étroit, parce que les intérêts individuels sont extrêmement petits : ce qui nous explique comment les conquérans de l'Europe, quoiqu'ils ne fussent qu'une poignée, ont pu si facilement en asservir les peuples.

Mais lorsque l'océan a cessé d'être une barrière insurmontable ; lorsqu'il est devenu la plus facile, la plus fréquentée des voies de communication ; lorsque les peuples se sont mutuellement donné des besoins et offerts des produits qui pouvaient les satisfaire, les provinces maritimes, les pays voisins des fleuves, les villes sortant de

leur incurie, se sont trouvés tout-à-coup
au milieu d'un cercle immense de rapports communs.

L'industrie étant assurée de trouver
des débouchés pour ses produits , est
devenue plus inventive, et chaque jour
plus active ; ses bénéfices se sont accrus
d'une manière inespérée dans la main
du peuple ; chaque gain est devenu la
source d'un nouveau gain; la propriété
territoriale, qui avait été jusque-là la
richesse presque unique , n'en a plus
constitué qu'une partie : et l'on peut dire
même que si l'industrie n'avait pas aug-
menté progressivement de valeur les
fonds territoriaux, que si la terre fût de-
meurée , dans ses produits , au même
point où elle était avant que l'industrie et
le commerce lointain n'eussent pris naissance , les possesseurs des domaines
se seraient trouvés réduits , de la condition des plus riches , à celle des plus
pauvres de la société.

Nous n'avons pas besoin de dire que cette stagnation dans la valeur des terres était impossible, puisque tous les produits bruts viennent de la terre , et qu'ainsi leur valeur devait s'accroître proportionnellement avec l'industrie, qui l'a plus que décuplée, avec le tems; mais cette supposition était nécessaire pour expliquer la nouvelle situation respective du peuple et des anciens propriétaires.

Avant cette insensible révolution (1) le travail ne procurait que des alimens ; mais il n'a pas tardé à produire les plus grands capitaux : et ainsi la portion ouvrière des peuples , qui avait été si long-tems réduite à végéter dans la pauvreté, a acquis rapidement une con-sistance sociale, d'autant plus impo-

---

(1) Heureux le pays qui n'en éprouve pas d'autres ! ! !

sante , que le commerce et l'industrie formaient son partage exclusif.

L'on ne peut plus chercher , après cela, les causes de l'affaiblissement progressif de la puissance des nobles, et de leur chûte définitive, comme corps dans l'état.

Pour que cette puissance eût pu se conserver, il eût fallu que les nobles se fussent livrés , à l'exemple du peuple , aux grandes entreprises industrielles et commerciales , sinon par une association aux travaux, au moins en unissant leurs capitaux aux moyens des hommes industrieux.

Qu'on n'accuse donc pas le peuple d'avoir renversé le pouvoir de la noblesse par la violence ; la révolution n'a renversé que le simulacre de ce pouvoir, qui n'avait plus qu'une existence plutôt nominale que réelle , et qui ne reposait plus que sur la force du préjugé et des anciennes habitudes.

Les grandes richesses industrielles,
lorsqu'elles sont dans les mains du peuple, agissent contre la puissance des
nobles, *voués à l'oisiveté*, comme la
lumière agit sur les ténèbres, ou, si on
l'aime mieux, comme le plateau d'une
balance, dans lequel on accumulerait
successivement des poids nouveaux,
agirait sur l'autre plateau qui, bien
loin de rester le même, sous le rapport des poids, éprouverait chaque
jour quelque nouveau déchet.

Que ce peu de mots serve à éclairer,
s'il est possible, sur l'avenir, ceux
qui prétendent à la prééminence sociale, en raison de ce qu'ils nomment
la prééminence de la race; c'e n'est fait
pour jamais du vieux préjugé des races.

L'esprit et le sentiment de l'indépendance, qui est la vie de l'industrie,
ont, comme cela devait être, fait de
rapides progrès dans la classe popu-
laire, condamnée jusque-là à ramper;

le commerce et l'industrie ont eu des
intérêts réciproques qui sont bientôt
devenus communs d'individus à individus, de corporations à corporations,
de provinces à provinces, de peuples
à peuples.

Le sort de l'industrie était dans les
mains des gouvernemens ; elle dépendait d'eux, et l'on a vu, d'un pole à
l'autre, les hommes industrieux s'occuper, par nécessité et par instinct,
des intérêts nationaux, des lois, de la
justice et de la liberté, de la guerre et
de la paix qui faisaient fleurir ou qui
tuaient l'industrie.

Les peuples ont eu un grand intérêt à
peser l'équité et l'injustice des mesures
adoptées par les princes, et cet intérêt
s'est accru avec l'avidité des gouvernemens. Les peuples ont donc raisonné
sur les taxes, sur l'emploi que les princes en ont fait, et ils se sont trouvés
en opposition constante, comme cela

devait être, avec les hommes de cour,
dont ils étaient obligés de solder l'oi-
sive vanité, et à la cupidité desquels
ils étaient obligés de pourvoir.

Les peuples ont été amenés naturellement à étudier la marche de leurs
gouvernemens, à les comparer entre
eux, à louer ou approuver leur conduite.

Un lien étroit, quoique invisible,
a attaché, l'une à l'autre, toutes les
parties du corps social : et comme les
prohibitions, les barrières, les extor-
sions, la spoliation employées contre
les consommateurs ou contre l'industrie, portaient un coup nécessaire aux producteurs, aux marchands
et aux citoyens, soit en diminuant la
consommation, soit en augmentant le
prix de l'objet à consommer, le germe
de l'*intérêt commun* s'est développé,
et l'esprit national s'est préparé, s'est
fortifié peu à peu, en raison du nom-

bre et de l'importance *des intérêts particuliers.*

§. IV.

Les citoyens de toutes les classes industrielles, ayant établi entr'eux , à de
grandes distances, des communica-
tions promptes et journalières , le développement des pensées a suivi le
développement des intérêts. La curio-
sité, le besoin de s'instruire ont aiguil-
lonné les esprits, parmi les oisifs eux-
mêmes. Un attrait naturel a entraîné
les hommes vers l'étude de l'histoire ,
des mœurs , des coutumes, des lois et
de l'économie politique des peuples
anciens et nouveaux.

L'autorité se montrant trop avide,
trop prohibitive, trop coercitive, chacun a eu intérêt d'étudier ses droits à
leur origine : de là les publicistes, (1)

_____

(1) Ceux qui enseignent la connaissance
du droit public.

d'abord spéculatifs, et bientôt devenus écrivains.

En devenant riches, des millions d'hommes, dont les ancêtres avaient vécu pauvres et méprisés, des millions d'hommes qui, dans l'ancien ordre des choses, n'eussent été sensibles ni au mépris, ni aux coups de bâtons, et qui eussent *vivoté*, comme dit La Noüe, *dans de honteuses servitudes*, sont devenus fiers, exigéans, sous le rapport de la vanité ; ils ont voulu avoir un rang parmi les premiers de l'état, parce qu'ils en étaient les hommes les plus utiles, parce u'ils étaient les vrais producteurs de ses richesses.

De là l'esprit général d'indépendance, esprit qui acquerra chaque jour une plus grande intensité, à moins que l'industrie ne rétrograde, ce qui est impossible.

C'est donc une absurdité que d'accuser la philosophie, des révolutions

passées, ou des révolutions à venir,
que de se déchaîner contre elle avec tant
de haine, que de la signaler comme
la source empoisonnée de ce prétendu
esprit de rébellion qui n'est réellement,
dans les nations, que le produit de
l'industrie, de cet esprit, qui n'est
réellement que le besoin d'un nouvel
équilibre social que contrarient et les
gouvernemens et les intérêts, et les
vaniteuses habitudes d'autrefois.

§ V.

Si nous étudions l'état de la liberté
chez tous les peuples commerçans et
industrieux, l'antique Marseille, les
villes libres et anséatiques, la Hollande,
l'Angleterre, les Etats-Unis, dépo-
seront de cette vérité, que *liberté et
commerce florissant sont inséparables.*
Nous verrons partout l'industrie dé-
croître en sens inverse de la liberté : en
sorte qu'en Turquie et en Afrique, le

commerce est nul parmi les indi-
gènes; (1) en sorte que les colonies ont
péri entre les mains des Espagnols et
des Portugais.

Que s'il était des souverains qui vou-
lussent anéantir l'esprit d'indépendance dans leurs états, ils tomberaient
donc dans le contre-sens le plus absurde,
si néanmoins ils prétendaient y faire
fleurir le commerce et l'industrie,
puisqu'en combattant les effets, ils
ajouteraient au nombre et à la puissance
des causes.

Si ce n'est pas assez de tous ces témoins, j'en invoquerai un autre, et
ce sera Napoléon, le premier des maîtres et malheureusement le plus fidèlement imité dans l'art funeste d'asservir les peuples.

L'insensé avait déclaré partout une

_____

(1) Gens qui habitent un pays, de tems
immémorial.

guerre de destruction à tout commerce
dont il n'était pas le maître, et il n'é-
tait pas de classe qu'il regardât comme
plus insoumise à son joug que celle des
hommes à grande industrie.

Ces écrivains, qu'on poursuit comme
si redoutables par leur influence sur
l'opinion, ne la créeront jamais ; ils
éclaireront les hommes sur l'intérêt
commun ; ils lui rattacheront les intérêts individuels ; ils ouvriront les yeux
des peuples; ils les avertiront des maux
que l'avenir peut leur préparer ; ils
leur montreront les avantages qu'ils
pourraient s'assurer ;

Mais aucun écrivain ne prouvera
jamais aux hommes qui souffrent que
leur condition est heureuse, non plus
qu'il ne persuadera jamais à ceux qui
sont heureux, qu'ils doivent bouleverser l'édifice de leur bonheur ;

D'où l'inutilité de tous les livres mi-
nistériels sur l'esprit des peuples qui

sentent le besoin d'une amélioration dans leur sort ; d'où le tort, et je puis dire le ridicule, de ceux qui veulent fermer toute issue à la vérité.

En effet, comme il serait impossible de nier que toute association politique n'ait pour base et pour but *le bonheur commun*, *la conservation de la propriété et la garantie de la liberté individuelle*, deux choses inséparables, il est impossible de se figurer qu'aucun écrivain puisse jamais parvenir ni à créer, ni à changer l'intérêt réel des peuples, ni à le faire varier sur ses bases fondamentales, dont la nature est tellement positive, dont le maintien est tellement nécessaire, que les tyrannies les plus puissantes ne peuvent les anéantir, même après une longue suite d'années.

L'on peut donc dire que tous les écrivains venus et à venir, quelque séditieux même que soient leurs écrits, n'é-

branleront jamais aucun gouvernement
qui respectera la propriété et la liberté
des citoyens ; et l'on peut dire aussi
qu'il n'est aucune tyrannie, dans l'état
de civilisation et d'industrie où se
trouve l'Europe, qui puisse éviter de
tomber sous les coups de l'*opinion publique*, lors même qu'elle aurait brisé
jusqu'à la dernière presse (1).

La prohibition d'écrire ne pouvant
s'étendre jusqu'à la pensée et jusqu'a la
parole, est donc l'une des conceptions
les plus étrangement absurdes qui ait
pu se former dans la tête des hommes,
et l'on ne peut mieux la comparer
qu'à la précaution qu'on prendrait de

---

(1) Lorsqu'on entend Napoléon confesser
le tort qu'il a eu de ravir la liberté aux
Français, et que ce sont les idées libé-
rales qui l'ont renversé, combien on trouve
absurdes et insensés ceux qui s'imagineraient
renverser la liberté, ou réduire les peuples
à un état passif!

faire murer la porte d'une maison ;
pour empêcher l'air d'y entrer.

Que ceux qui prétendent exercer un
pouvoir sans bornes ne se mettent
pas tant en peine des écrits; qu'ils brû-
lent les vaisseaux de commerce , les
marchandises de luxe et les métiers qui
les fabriquent ; qu'ils brisent les ca-
rosses et les malles de la poste ; qu'ils
forcent les hommes de la ville à re-
tourner dans les champs , à se vêtir en
bure , à porter la barbe et les cheveux
longs; ils peuvent être assurés que dans
quelques lustres (1) ils règneront sur
une population d'esclaves, en dépit de
tous les écrivains venus et à venir.

Que si au contraire ils laissent croître
l'industrie , que s'ils favorisent ses développemens , il n'y aura , en moins
d'un demi-siècle , que des hommes
libres dans tout le monde civilisé.

---

(1) Un lustre est de cinq années.

Mais comment faire pour lever des impôts, si l'on tarissait les sources des richesses industrielles ? Comment faire pour entretenir le faste des cours et satisfaire la voracité des courtisans , ou pour faire la guerre , etc. ?

Voilà où l'on se place soi-même lorsqu'on veut le *pour* et le *contre* , lorsqu'on veut tirer avantage de la cause et supprimer l'effet.

L'on croit avoir expliqué assez pourquoi il faut la liberté aux peuples industrieux , riches et éclairés du dix-neuvième siècle : pourquoi les attaques violentes , lorsqu'elles frappent sur la masse des intérêts particuliers, en forment bientôt un *intérêt commun* , lequel fait entendre cette voix puissante qui seule mérite le nom d'*opinion publique*.

L'on doit faire voir maintenant quels sont les obstacles qui peuvent retarder l'éclat de cette opinion , sur les choses venant des gouvernemens.

§. VI.

Le desir, le besoin de l'indépendance, quoique généraux, ne se font
néanmoins pas sentir au même degré à
tous les hommes. La foule les sent la
dernière parce qu'elle a moins d'énergie,
parce qu'ayant moins de lumières et de
vanité, parce' qu'étant façonnée à une
vieille et' aveugle soumission que lui
impose son état habituel de misère,
elle est moins froissée dans ses intérêts,
dans ses penchans, par la haute puissance. D'ailleurs la force légale, ou ré-
putée telle, la menace sans cesse et
l'effraie.

Cependant, comme les bras, c'est-
à-dire la force réelle des armées, sont
dans la foule, jusqu'à ce que les gouvernemens ne soient assez insensés pour
l'irriter, les citoyens d'un ordre plus
élevé et qui sont le plus cruellement
blessés dans leur fortune, dans leur li-

berté individuelle, dans le développement de leurs facultés, ne peuvent faire
que de vains desirs d'indépendance,
parce qu'ils manquent des moyens de
force nécessaires pour en obtenir l'ac-
complissement.

Chacun d'eux se trouve isolé ; il se
trouve en face d'un juge toujours prêt
à le punir, toujours prêt à le châtier
rigoureusement, s'il fait la moindre
tentative pour briser un joug oppres-
seur ; il est entouré de soldats, sur-
veillé par un essaim de fonctionnaires,
zélés partisans du pouvoir dont ils
partagent les avantages. L'autorité qui
agit partout simultanément, d'après
un plan, l'autorité qui dispose de la
force et de tous les moyens d'adresse ou
de séduction, n'a donc besoin que de
peu d'efforts pour empêcher d'agir de
concert ces hommes disséminés sur
une vaste surface.

Joignons à cela que les gouverne-

mens sont puissamment secondés sur
tous les points par chacun de leurs alliés , qui commandent eux-mêmes la
soumission et la confiance à un grand
nombre d'hommes dont ils sont ou les
maîtres ou les guides directs.

Observons encore que les gouvernemens ont mille moyens de semer la
division dans les esprits , qu'ils ont
toujours une nuée d'espions à leurs
ordres , et que les ministres de la religion les secondent à tous les instans.

Cependant , lorsque les gouvernemens se dérangent au point qu'ils n'ont
plus ni mesure , ni retenue , ce qui les
conduit bientôt à multiplier les actes
de violence et d'iniquité , et à persé-

(1) Lire ou se rappeler les prédications, etc.
du tems de Napoléon.

culer ou à laisser persécuter la foule en
leur nom, les intérêts individuels se
trouvant froissés en masse, éprouvent
une tendance, un besoin pressant de
s'unir.

Alors l'on voit les hommes de toutes
les classes se rapprocher, se recher-
cher, se prendre par la main; les mé-
fiances et les vanités se taisent, ainsi que
l'égoïsme; l'on ne tarde pas à voir une
nation former un tout indissoluble, et
le sentiment du danger commun produit bientôt l'union de tous les intérêts
en un seul.

C'est alors que se fait entendre la
terrible voix de l'*opinion publique*; c'est
alors qu'elle éclate en gémissemens ou
en accusations qui se changent promp-
tement en menaces; c'est alors que les
hommes habiles et énergiques, que les
écrivains captivent l'attention générale,
éclairent sans peine ceux dont l'œil est

le moins appercevant , et qu'ils enhar-
dissent les plus peureux (1).

De longues années de souffrance
n'avaient pas produit un seul chef , et
un seul jour en produit dix fois plus
que l'association nationale n'a besoin
d'en avoir. Le mal est à son plus haut
période , parce que les chefs de l'autorité ayant mis de côté toute honte , les
citoyens ont perdu tout respect. (2)

C'est à ce terme que finit la léthargie

---

(1) C'est alors qu'il suffit d'écrire avec
violence contre le gouvernement , pour
être sûr de se faire lire ; qu'on remarque
cette époque dans l'histoire , on trouvera
que cette fureur de lire les écrits violens ,
prouve que la multitude est mécontente ,
et que l'esclavage de la presse prouve le désordre de la conduite de ceux qui gou-
vernent. (Voir la conduite de Napoléon.)

(2) Voir le tems de Napoléon, de Jacques II, de Henri III.

des peuples, ou plutôt qu'elle se change
en fureur et que les révolutions écla-
tent. C'est alors qu'il devient facile aux
hommes, qui sont poussés par de grands
intérêts, et que conseillent ou l'esprit
de vengeance, ou l'ambition, de com-
biner les moyens de la délivrance, de
les diriger vers la vraie liberté, comme
il arriva en Angleterre en 1688; ou
bien, ce qui n'arrive que trop souvent,
pour le malheur de l'humanité et de la
liberté elle même, d'enflammer les esprits, et de les pousser à cette frénésie
qui fait des peuples les plus doux des
dévastateurs effrénés.

§ VII.

Nous concluons de ce que nous ve-
nons de dire :

1°. Que l'esprit d'indépendance et
d'égalité politique, que le besoin des
bonnes lois et d'une justice exacte, que
les craintes, les jalousies, l'humeur

chatouilleuse des peuples, vis-à-vis du
pouvoir, que la diminution du prix
qu'on avait long-tems attaché aux gran-
deurs de cour, que les forces nationales, les volontés fermes et la fierté
des peuples, que les lumières enfin
suivent exactement les progrès de l'industrie ;

2°. Qu'il n'existe vraiment point
d'*opinion publique* là où il n'y a ni esprit
public, ni *sentiment de l'intérêt commun*,
ce qui n'empêche pas que les peuples
ne soient, au fond, d'accord sur une
multitude de points, de principes et
d'intérêts généraux ;

3°. Qu'il n'est ni coalitions, ni
alliances qui puissent résister à l'opinion publique prononcée pour l'indépendance, parce qu'il n'est point de
puissance qui puisse lutter contre un
peuple uni dans le sentiment de l'intérêt
commun ;

4°. Que tous les gouvernemens qui

marchent contre les intérêts nationaux,
contre les vœux, contre les volontés
exprimés par la voix de l'opinion publique, ne peuvent espérer ni bonheur
ni durée ;

5°. Que leur chute est toujours prochaine lorsque la voix unanime du
peuple l'annonce, étant évident que le
peuple a déjà acquis le sentiment de
l'intérêt commun.

Faut-il un témoignage irrésistible
en faveur de ces assertions ? on le trouvera dans la chute de Jacques II.

En effet, la chute de ce prince dé-
montre jusqu'à l'évidence que tout
pouvoir absolu, ne se fondant que sur
la force, et celle-ci étant tout entière
dans le peuple, le soulèvement ou
l'abandon des soldats est une conséquence nécessaire du soulèvement de
la nation.

Mais c'est toujours chose difficile à
opérer qu'une résistance nationale, et il

n'est que trop vrai qu'avec l'appui de ses complices et de ses partisans ; le pouvoir le plus tyrannique, fort du fait de son existence et d'une multitude de moyens physiques et moraux, peut balancer pendant long-tems les forces de la nation, naturellement lente à s'émouvoir, et à laquelle il répugne toujours extrêmement de se porter aux actes de force et de violence ; parce que, quoi qu'en disent les détracteurs hypocrites ou enragés des peuples, l'histoire du monde entier nous prouve qu'il n'est rien de plus patient, de plus réellement timide que les peuples, vis-à-vis de ceux qui les oppriment.

Si la série de raisonnemens que je viens d'exposer succinctement est inattaquable, si j'ai bien fixé les causes, si j'ai déduit des conséquences justes, ce que je crois, puisque les uns et les autres ont pour témoins toutes les pages de l'histoire, mes lecteurs se sentiront sans doute pénétrés d'un nouveau respect pour *la Charte* qui a réglé nos destinées et assuré notre indépendance; ils sentiront comme moi que le bonheur commun, que la liberté, que la paix intérieure, que la prospérité et la puissance au dehors n'ont et ne peuvent plus avoir d'autre base que *la Charte*.

Mes lecteurs se pénétreront donc bien de cette vérité, que la France ne peut pas avoir au dehors des ennemis aussi dangereux que ceux qui, dans l'intérieur, travailleraient soit à la façon des révolutionnaires, et par des *ligues* ou associations, soit par ruse, adresse ou déception, au renversement ou à la violation de la *Charte*.

Français, n'oubliez pas que ceux qui voudraient détruire ou violer la *Charte*, ne le voudraient que pour anéantir vos droits et votre liberté, en anéantissant ou en paralysant l'existence ou l'action salutaire de cette loi fondamentale, qui, après tant de malheurs, est devenue l'ancre de miséricorde de la France.

DE LA LIBERTÉ INDIVIDUELLE,
ET DE L'AFFAIRE DE M. FIÉVÉE.

Affaire de M. Fiévée (1).

Une condamnation à trois mois
d'emprisonnement a été prononcée con-

---

(1) J'étais loin de penser, lorsque ce
morceau a été imprimé, qu'à la cause de
M. Fiévée la mienne succéderait bientôt.

L'accusation dont mon *brinborion* est l'objet,
ne doit pas m'empêcher de publier ce morceau : je ne suis point célèbre, mais je suis
citoyen ; j'ai trouvé des lecteurs bien différens de ceux que me donne le *Times* de
Londres, écho de Paris ; et peut-être qu'ils
ne trouveront pas étrange que mon accusation n'ait rien dérangé de mon plan ; en-
tièrement constitutionnel et opposé à toute
agitation politique.

Mais on ne s'étonnera pas que j'aie cru
devoir suspendre la publication de ce tome
pendant quelques jours.

tre un homme dont la France et l'Europe lisent depuis long-tems, et avec un grand intérêt, les ouvrages.

Cet homme a rempli des places éminentes, il a déployé un caractère fort. M. Fiévée est donc placé loin de la foule, par son rang social, par sa vie politique, par son talent surtout, et enfin par les services qu'il dit avoir rendus à la dynastie.

Je ne viens point examiner l'arrêt qui le condamne. L'opinion publique qui juge toutes les puissances de la terre (1) a sans doute aussi le droit de se prononcer sur les jugemens des tribunaux; mais ce droit, par cela même qu'il est collectif, n'appartient pas à un individu privé.

Cependant il m'est permis, comme

_____

(1) Alexandre s'écriait : « O peuples, peuples, que d'efforts nous faisons pour mériter vos suffrages ! » Alexandre faisait cas du jugement des peuples.

à tout citoyen, d'examiner, ei il est même d'un intérêt général, peut-être, que chacun examine les effets possibles d'un événement très extraordinaire, eu égard au personnel et à la célébrité du condamné : d'un événement auquel on pourrait appliquer ce mot du cardinal de Retz : «Il n'y a point de petits pas dans les grandes affaires. »

Dans le siècle où la propriété la plus avilie du citoyen a été celle de sa *propre personne*, il n'est pas étranger à la liberté publique de démontrer jusqu'à quel point la tyrannie raffina dans le choix et l'emploi de ses moyens, pour opérer la dégradation de la masse des citoyens, de démontrer comment, à l'aide des rigueurs de ses sales et déshonorantes prisons, et par le révoltant, par le continuel usage qu'elle en fit, elle parvint à avilir insensiblement la dignité de l'homme ; enfin comment elle le façonna à l'es-

clavage par l'habitude de la crainte
pour sa propre personne.

Il n'est pas indifférent de dévoiler la
marche secrète, de remonter aux sources
des premières tyrannies, de mettre leur
but commun à découvert, de porter la
lumière dans les souterrains qui les y ont
conduites, ou qui ont servi de théâtres
cachés à leurs iniquités, de faire voir
enfin quel détestable concert d'intérêts
antisociaux, quelle ressemblance de
conduite ont existé entr'elles, et quel
usage chaque tyrannie victorieuse, en
vociférant contre celle qu'elle venait de
renverser, fit toujours de ses plans et
de ses moyens.

Je prends mes exemples dans le passé ; il est donc au moins présumable
qu'on ne m'imputera pas à crime
d'exécrer hautement des tyrans contre
lesquels tant et de si justes haines
ont éclaté, que nul ne pourra les renouveler jamais sans violer toute pudeur,

sans se constituer en état de démence; sans s'exposer à la même fin. (1)

Principes.

Catherine du Nord a publié les principes suivans, et en a fait la base de sa législation. Je dois les citer d'abord.

I.

» Les lois sont des ordres détaillés du législateur; les mœurs et les usages, au contraire, sont des constitutions qui viennent de toute la nation.

II.

» C'est le triomphe de la liberté civile, lorsque les lois infligent à ceux qui les violent, des punitions qui découlent de la nature même du délit. Là point d'arbitraire ; la punition est la suite naturelle de l'action : ce n'est

---

(1) Mais l'espace nous manquant dans ce tome nous serons obligés de donner plus tard ces développemens, l'affaire de M. Fiévée devant d'abord occuper nos pages.

pas l'homme qui fait violence à l'homme, quand on le punit, ce sont ses propres actions.

III.

» Nous savons, par expérience, qu'il est des pays où les peines les plus douces agissent avec autant d'efficacité, sur l'esprit des hommes, que le font ailleurs les punitions les plus sévères.

IV.

» Dans un gouvernement violent, au lieu de travailler à faire exécuter les lois, on ordonne les peines les plus cruelles pour arrêter le mal tout d'un coup ; mais à la fin on perd la crainte, et on serait bientôt forcé d'employer les châtimens les plus sévères, dans tous les cas.

V.

» Remontez aux causes du désordre vous trouverez que c'est l'impunité du crime qui lui donne naissance, et non point la douceur du châtiment.

VI.

» Le législateur qui se propose de guérir le mal ne pense, pour l'ordinaire, uniquement qu'à cette guérison, sans appercevoir les mauvaises suites qui peuvent en résulter.

VII.

» Toutes les punitions deviennent injustes dès qu'elles ne sont pas nécessaires; car par-là ce garant de la sûreté publique perd tout son prix.

VIII.

» On n'exerce pas la justice, on n'inflige pas des peines pour tourmenter des hommes : mais pour arrêter par la crainte les mal-intentionnés : il faut donc que les peines appliquées produisent cet effet, ou elles sont inutiles.

IX.

» Les lois ne peuvent admettre

comme infamie , que ce qui l'est aux yeux de toutes les nations. Car si elles déclarent infamantes une punition ou une action , qu'en opinion, ou en morale , on regarde comme indifférente , il en résulte un désordre tel que les choses déshonnêtes cessent bientôt d'être regardées comme telles.

X.

» Punir de la même manière deux délits différens , c'est produire une contradiction singulière , quoiqu'elle soit fréquente , savoir : que les lois punissent des crimes qu'elles occasionnent elles-mêmes, parce qu'il arrive que les hommes ne mettent plus de différence entre les crimes.

XI.

» Toutes les fois qu'on défend une action qui , par sa nature , est permise ou qui est absolument nécessaire, on ne fait autre chose que de forcer

par-là les hommes à se déshonorer et
à se rendre coupables.

———

Observation.

· J'ai cru indispensable d'établir d'a-
bord ces principes, laissant à mes lecteurs à en faire l'application. J'ai dû
les emprunter de préférence à une célèbre législatrice couronnée, afin de les
mettre à l'abri de ces récusations absurdes, mensongères et haineuses qu'on
s'est fait une habitude d'exercer contre les principes tout pareils de nos
philosophes, moyen usé, il est vrai,
mais toujours pratiqué dans l'intention
d'étouffer, au moins le croit-on, la
voix éternelle de la justice, de la charité, de la raison et de la vérité; comme
s'il dépendait des hommes d'empêcher

cette impérieuse voix de s'élever contre les maximes et les rigueurs de ceux qui ne gouverneraient que par la force.

Enfin, pour completter la somme des témoignages respectables sur lesquels je m'appuye, je citerai du sage Sully, du coopérateur de Henry, ces mots écrits dans un siècle à peine lettré : « L'avilissement des gens de lettres est l'une des causes de la perte des monarchies. »

Qu'eût dit Sully, si la législation les eût confondus avec la boue de la société ?

De la condamnation de M. Fiévée.

Si l'écrit de M. Fiévée est repoussé par le public, au moins dans les passages inculpés ; si ces passages ont

excité l'indignation des amis de la
royauté constitutionnelle, et la colère des hommes qui veulent qu'on res-
pecte l'honneur national :

Si en lisant l'écrit condamné le plus
grand nombre des citoyens s'est dit
spontanément : « La punition de l'auteur était indispensable, elle était
nécessaire au repos de la société,
car il a outragé la royauté, digne de
tant de vénération lorsqu'elle se fonde
sur la justice, et sur la liberté publique
lorsqu'elle ne s'occupe que du bonheur
national. La punition de l'auteur était
un moyen nécessaire d'épouvanter les
écrivains assez audacieux pour s'expri-
mer avec irrévérence sur la plus émi-
nente de toutes les dignités, puisque
le monarque *constitutionnel*, est non
seulement le père mais encore la pro-
vidence humaine des peuples. »

Si le public a prononcé ainsi dans
cette affaire, qui a fixé tous les regards,

qui a éveillé l'intérêt des hommes de
toutes les opinions, nul doute que la
condamnation de M. Fiévée ne soit
généralement regardée comme un acte
éminemment conservateur de la société.
Car tous les Français raisonnables, et
c'est le plus grand nombre, savent que
les punitions sont d'autant plus utiles
qu'elles frappent des hommes plus éle-
vés, étant vrai que le châtiment de ces
hommes porterait le découragement et
l'effroi dans l'âme des agitateurs de la
foule.

Mais si l'on suppose que le public soit
demeuré indifférent à la condamnation,
si l'on suppose que l'opinion générale
n'ait pas souscrit à l'arrêt, et même
que toute la famille des écrivains, ou, en
d'autres termes, que la masse des êtres
pensans et lisans, se soyent crus frappés par le même coup dont M. Fiévée
a été atteint; si l'on suppose encore que
cette masse soit, plus que jamais, iden-

tifiée d'opinion avec les pairs et les députés qui ont si éloquemment soutenu
que les écrivains ne pouvaient être jugés que par des jurés ;

Si, ce qu'il est impossible de nier, la
prison ne peut ternir en rien l'éclat de
la renommée du condamné, quoique
le but du législateur ait été évidemment
d'atteindre ce but;

Si, comme dans l'ancien régime, la
prison ordonnée contre M. Fiévée ne
fait qu'ajouter à sa célébrité, à l'intérêt du public pour ses ouvrages ;

Si sa prison (au cas qu'il y entre, ce
dont on peut encore douter,) devient
le rendez-vous journalier d'une multitude de personnages distingués, surtout parmi ceux qui s'intéressent vive-
ment à la chose publique, parmi ceux
dont l'exemple entraîne toujours le
mouvement général · si la meilleure
compagnie, pour me servir de l'expression du monde, afflue avec empresse-

ment chez le détenu, comme auprès de l'accusé,

Qui dira le dommage qui pourrait en résulter pour le pouvoir? car la vraie force de la justice ne réside pas dans les baïonnettes et les prisons, mais uniquement peut-être dans le respect et la vénération des citoyens pour ses arrêts.

La dernière supposition que je viens de faire ne peut passer pour étrange lorsqu'on se rappelle le triomphe du maréchal de Richelieu, enfermé à la Bastille (1), lorsqu'on se rappelle le vif intérêt que de recommandables personnages prirent, en 1817, à MM. *Comte* et *Dunoyer*, et la lettre d'un très-noble pair à M. *Chevalier*, pour lui annoncer

_____

(1) Toutes les femmes de la cour et de la ville s'empressèrent de se réunir, chaque jour, sous les fenêtres de ce héros de la galanterie.

qu'une réunion de citoyens distingués voulait payer tous les frais de sa condamnation.

La supposition a même quelque chose de très-naturel à mes yeux, car je connais une multitude de gens d'une opinion différente de celle de M. Fiévée, qui sont néanmoins disposés à cette démarche, dont il est à croire que ses amis ne laisseront pas échapper l'initiative.

Ah! que l'homme paisible, que l'homme qui ne connaît pas de meilleur garant du repos intérieur que le respect général pour l'autorité; que l'homme qui a sérieusement médité sur les causes inapperçues du désordre de la société, et sur l'affaiblissement du pouvoir moral; que celui-là, dis-je, s'effraie, avec raison, en calcula t les graves conséquences d'évènemens qui, au premier coup-d'œil, semblent peu importans, mais auxquels une multi tude d'intérêts généraux se rattachent !

Si les écrivains , loin , d'être épouvantés par la condamnation d'un homme qui a de la célébrité, allaient au contraire cesser de craindre une prison qui leur serait commune avec lui : si l'on se croyait, par suite, obligé d'appliquer le *maximum* de la peine à chaque écrivain condamné, qui pourrait prévoir les suites d'une lutte dans laquelle personne ne voudrait être vaincu?

Ah ! qu'on a bien raison de dire qu'il n'est rien de si délicat que l'usage du pouvoir, qu'il n'est rien de perdu dans les mouvemens de la machine politique, et que ce qui ne tourne pas à bien , doit nécessairement tourner à mal !

Comparaison des délits et des peines suivant notre législation.

La gradation des peines et des délits suivant leurs différentes natures est

la base nécessaire de toute législation.
Si elle pêche dans ce principe : si la
gradation est violée , tout tombe à la
longue dans la confusion et le cahos
et (comme le dit Catherine II), les
lois occasionnent elles-mêmes les délits, par l'impunité.

Or il y a impunité révoltante là où
des délits plus graves ou même infa-
mans sont punis moins rigoureusement
que des délits d'opinion, qui n'ont porté
aucune atteinte à l'honneur du condamné , ni aucun dommage à la o-
ciété , je ne dis pas réellement , (car
je n'entends rien à certains mystères
politiques) mais d'une manière sensible pour la masse des citoyens.

Extrait du code pénal.

J'ouvre le code pénal, dont tant
de dispositions ont été empruntées

à Dracon, comme vient de le dire un
député, j'ouvre ce code des esclaves de
Rome appliqué à une nation éminemment fière et distinguée par ses sentimens d'honneur, par sa loyauté, sa
sensibilité, sa générosité et la douceur de ses mœurs.

J'ouvre ce code de celui qui di-
sait : « Le dernier homme et le dernier
écu m'appartiennent, » propos digne
d'Attila ou de Guillaume-le-Conqué-
rant : ce code qui dans ses dispositions
politiques, anéantit de fait et de droit
toute liberté publique, et dont le
maintien est aussi incompatible avec
l'existence de la charte, que le sont la
vie et la mort. J'y trouve les passages
suivans :

Article 171. Tout commis à une re-
cette publique qui aura soustrait jusqu'à 3ooo francs sera puni d'un emprisonnement de deux à cinq ans.

174. Même peine contre les commis concussionnaires.

197. Un fonctionnaire destitué
qui continuera ses fonctions, même
après avoir été remplacé (ce qui est
une rébellion extrêmement grave, une
usurpation du pouvoir royal lui-même) ne sera puni que d'un emprisonnement de six mois à deux ans, et
en outre d'une amende de cent à cinq
cents francs.

202. La provocation *directe* à la dé-
sobéissance aux lois ou à l'autorité, ou
à un soulèvement tendant à armer les
citoyens les uns contre les autres (ce
qui est provoquer la guerre civile), ne
sera punie, dans un ministre du culte,
que d'un emprisonnement de deux à
cinq ans, si la provocation n'a été suivie
d'aucun effet (sans amende).

217. Sera puni de six jours d'emprisonnement au moins, et d'un an
au plus, celui qui aura provoqué à la

rébellion par des discours tenus dans des lieux publics, par des placards affichés, par des écrits imprimés (si la rébellion n'a pas eu lieu) (1).

252. Les bris de scellés seront punis de six mois à deux ans d'emprisonnement, et le gardien lui-même qui s'en sera rendu coupable ne sera puni que de deux à cinq ans.

271 277. Les vagabonds et gens sans aveu, trouvés porteurs d'armes, limes, crochets, etc. ne seront punis que par un emprisonnement de deux à cinq ans.

293. La provocation à des crimes ne sera punie que d'un emprisonnement de trois mois à deux ans, et d'une amende de cent à trois cents fr.

306. La menace par écrit d'assassinat, d'empoisonnement, etc., qui ne

---

(1) Le Code pénal ne punit même, dans une révolte armée, que les chefs.

sera accompagnée d'aucun ordre ou condition, sera punie d'un emprisonnement de deux à cinq ans.

307. La même menace verbale, par un emprisonnement de six mois à deux ans.

311. Les coups, blessures, résultant même d'un *guet-à-pens*, seront punis d'un emprisonnement de deux à cinq ans, s'ils n'ont occasionné ni maladie ni incapacité de travail.

330. L'outrage public à la pudeur est puni d'un emprisonnement de trois mois à un an.

334. Le père ou la mère qui excitent, favorisent ou facilitent la prostitution de leurs enfans, sont punis par un emprisonnement de deux à cinq ans.

352. Délaisser un enfant au dessous de sept ans dans un lieu solitaire n'emporte qu'un emprisonnement de trois mois à un an.

359. Le receleur d'un *cadavre homi-*

cidé n'est puni que d'un emprisonnement de six moix à deux ans..

405 à 408. Il faut voir combien de vols, de filouteries, d'escroqueries ne sont punis que d'un emprisonnement de deux mois à cinq ans.

Qu'on ne me reproche pas d'avoir trop multiplié les citations, elles serviront mieux à marquer le contraste.

Punition de l'écrivain.

L'homme le plus éminent, l'homme le plus célèbre, celui auquel la postérité accorderait les honneurs du temple de la gloire, un député, un conseiller d'état, un illustre académicien, un guerrier couronné de laurier, le citoyen auquel ses compatriotes voudraient avoir la puissance d'élever une statue, tous ces hommes, d'après notre législation actuelle, pourraient

être condamnés, ou un à un, ou tous
ensemble, s'il y avait entr'eux association, non seulement pour un écrit,
mais pour une phrase, ou pour quelques mots d'un sens *indirect*; ils pourraient être condamnés à cinq ans
d'emprisonnement, comme les vils
criminels dont je viens de faire l'énu-
mération, et en outre à 20,000 francs
d'amende (loi du 9 novembre) (1); à
la privation de tous droits politiques
(punition qui, à elle seule, peut être,
suivant le rang des individus, le *sum-*
mum du châtiment).

Ce n'est pas tout: en cas de récidive,
le doublement de la punition pourrait
être ordonné; enfin les hommes du
plus profond génie, de la plus haute

----

(1) La Charte a aboli la confiscation :
cependant, combien d'écrivains n'ont pas
20,000 fr. !

condition; de la vertu la plus honorée
seraient condamnés par trois ou cinq
juges, tandis que le plus vil brigand
aurait douze jurés ! ! !

Résultat possible de la condamnation.

Si la condamnation n'a aucune force
morale contre l'accusé, si même elle
a un résultat tout opposé à celui
que le législateur a calculé, il ne res-
tera donc plus qu'une punition purement *corporelle* et *matérielle* pour un
délit purement *moral*.

Et comme un écrivain est naturellement sédentaire ; comme la loi ne
permet pas plus que l'équité de le
priver dans sa prison des jouissances
physiques et intérieures ; comme sa
porte, fermée pour lui seul, ne l'est
point à ses amis et à ses serviteurs,

comme ses facultés morales ne peuvent être enchaînées ; comme elles doivent nécessairement acquérir une nouvelle énergie sous les verroux, si son âme est forte, on cherche en vain à quoi se réduit la punition, pour certains hommes.

Cependant qui ne sait que cette punition, nulle pour l'un, peut être subversive de la fortune, de la santé et de la vie de l'autre, inégalité qui détruit toute harmonie entre les bases et les effets de la législation.

Mais voyons si cette punition ne peut pas entraîner d'autres conséquences générales bien plus funestes.

Comme il n'y a pas moins de différence entre M. Fiévée et les êtres dégradés qui sont soumis à la même peine ou même à une moindre, malgré l'énormité de leurs délits, et leur turpitude, comme il n'y a pas moins de différence entre M. Fiévée et un vagabond criminel qu'il y en a entre l'honneur et l'infamie, entre la fange et le laurier d'Apollon, les hommes du rebut de la société ne pourraient-ils pas devenir insensibles à la honte d'un emprisonnement, en voyant qu'on ne les aurait punis, *pour un crime*, que comme on aurait puni un homme des premiers rangs, pour quelques pages ou phrases d'un livre recherché du public? Ne serait-il pas à craindre qu'ils ne finissent par braver la prison, et même par en tirer honneur (*principes de Catherine*).

Lorsque les premiers hommes de la société sont traités comme ceux qui en sont l'effroi, lorsque le plus beau génie, qui se serait égaré par hasard, ne serait pas condamné à moins d'infamie, que dis-je, lorsqu'il serait condamné dix fois plus rigoureusement que les hommes de l'écume; car de la différence relative des personnes, des

rangs et des mœurs, naît une différence incalculable entre les peines.

Dans une telle position, la société
n'a-t-elle aucun sujet d'effroi ?

Je ne m'élève point, je veux encore
le répéter, contre la condamnation en
elle-même ; je me contente, pour ne
pas franchir le cercle de mes devoirs, de
faire ressortir, autant que je le puis, les
maux qui peuvent naître de notre législa-
lation pénale, et les dangers auxquels
elle peut exposer la société tout entière, suivant les principes de Catherine cités plus haut.

J'offre au public pensant des ap-
perçus faibles, il est vrai, mais qui tiennent aux plus grands intérêts.

Quand on écrit au sein d'une nation
spirituelle, on n'a besoin que d'indi-
quer les objets ; il se trouve bientôt
une multitude de penseurs qui s'en
emparent et qui les développent, cha-

*

cûn à leur manière ; je ne crois donc
pas, avoir besoin d'étendre davantage
mes raisonnemens.

DE LA VENDÉE. (1)

PRESQUE tout ce qu'on a dit des
Vendéens est faux , tout ce qu'on en
a craint est sans aucun fondement.

On n'a parlé de la Vendée qu'avec
exagération : et on dirait que la Vendée est à l'autre bout de l'Océan Atlan-
tique, tant elle est peu connue à nos
politiques.

Les peureux , les esprits crédules

---

(1) La Vendée n'est que derrière la Loire
Il faut se garder de la confondre avec le reste
de l'ouest.

ceux qui prennent la faiblesse pour de
la prudence, se sont exagéré, à patron,
la puissance militaire des Vendéens.

Les hommes d'état eux-mêmes ont
été, plus d'une fois, effrayés, soit des menaces qu'on faisait au nom de ce pays,
soit des intrigues qui le montraient
comme un colosse prêt à se lever, la
foudre en main, et l'on pourrait indi-
quer plus d'une erreur grave, plus
d'un acte de précipitation produits par
ces appréhensions imaginaires, ou par
une ignorance impardonnable.

A en croire nos orgueilleux brouillons, nos Bayards de salon, la Vendée
est comme la terre fabuleuse des géans;
elle enfantera, au premier coup de leur
baguette, d'innombrables bataillons
armés pour soutenir *leurs droits*, pour
venger leurs *injures*, pour rétablir la
foi, ou pour faire au besoin une contre-
révolution à la hessoise.

Les Vendéens, d'après ces témoignages, ne respectent que les anciens
seigneurs, ils n'adorent que le Dieu de
l'inquisition ; ils s'élanceraient sur la
France, au premier signal, et comme
eux seuls peuvent soutenir la *légitimité*,

eux seuls aussi doivent être armés, honorés, favorisés ; ce qui, en termes plus clairs, pourrait être exprimé par cette déclaration :

« Nous sommes une poignée qui voulons exercer un pouvoir exclusif sur la France ; nous avons dans la Vendée les forces nécessaires pour conquérir le pouvoir, pour soumettre le reste de la France.

» Nous voulons bien, par modération et par grandeur d'âme, ne pas user de violence, mais nous voulons qu'on nous accorde, sans plus tarder, ce que nous nous contentons de demander en ce moment.

» Si on nous refuse, qu'on craigne que nous ne nous mettions en courroux; qu'on craigne que nous ne puissions empêcher celui de la Vendée d'éclater. »

On ne dirait pas cela au général Lamarque ; on ne l'oserait dire à celui qui a écrit au général Canuel une lettre où l'on trouve tant de piquantes malices, tant de vérités irrécusables.

Mais on fait circuler tout ces contes d'un salon dans un autre ; les illuminés y croient ; les bonnes âmes

qui, dans leur *humilité* chrétienne,
voudraient bien pourtant qu'il se
fît, en leur faveur, quelque miracle
politique qui les mît au pinacle.......
Les rodomonts, qui se sont cou-
ronnés dé gloire *entr'eux*, se bercent
d'un triomphe que leur promettent des
conteurs, des bonnes femmes, et leur
imagination malade ; la peur se pro-
page en même tems que le plus fol
espoir, et le désordre est dans les esprits.

Ceux qu'on intimide par des décla-
mations tombent dans l'inertie et cher-
chent des protecteurs dans ceux qui se
disent tout-puissans : d'autres qui cou-
rent après la fortune croient qu'ils la
trouveront sous l'aile de ceux qui par-
lent des Vendéens comme César par-
lait de ses légions.

Ici la présomption, l'arrogance s'ac-
croît ; là, c'est l'irritation......... On
n'arrive point au repos par cette voie.

La forfanterie, la peur, la sotte crédulité, l'attente d'une lutte qu'on
croit inévitable, sont de pernicieux con-
seillers.

C'est de la vérité qu'il faut prendre
des conseils. Approchons-nous donc

de la Vendée, voyons-la telle qu'elle est.

Dire la vérité sur ce pays, ce sera servir ceux mêmes qui se persuadent qu'elle n'est dans leur main qu'un instrument docile. Ce sera surtout travailler à pacifier les esprits ; car ôter la crainte aux uns, et les folles présomptions aux autres, c'est mettre fin même à la pensée du combat.

Bons paysans de la Vendée, ne craignez pas de lire le *Petit Livre* : il ne contiendra que votre éloge; mais ne le jugez pas sans l'avoir lu, et surtout d'après le témoignage de vos impuissans agitateurs.

Le *petit livre* (je suis en accusation à cause de lui) les a mis, il va les mettre encore une fois en colère ; or, des hommes en colère ne jugent pas, ils diffament.

Le Vendéen ne ressemble aujourd'hui, parmi les Français, qu'à lui-même : c'est une petite nation dans la nation (je ne parle que du paysan échappé aux premières guerres, *qu'on ne l'oublie pas*) ; il est simple, plus par bonté que par ignorance : il est religieux de bonne foi : mais s'il est

sans fanatisme, il n'est pas exempt de
toute superstition : le cachet le plus
remarquable de sa religion, c'est la
tolérance et la charité.

Le Vendéen prie Dieu de bonne foi,
il ne se met pas en peine de la
manière dont les autres le prient. Il es-
time de préférence l'homme religieux ;
mais il ne méprise, il ne damne point
celui qui est moins bon chrétien que lui.
On ne *croiserait* jamais les Vendéens
contre les protestans ou les incrédules.

Le vendéen est hospitalier, droit,
plein de bonne foi dans ses engage-
mens ; il a des mœurs douces et toutes
champêtres, comme au bon vieux tems,
et rien n'est plus touchant que l'union
des familles dans ce pays-là.

Il n'est pas rare de trouver de petites
métairies où vivent ensemble le père,
les enfans à marier, et les gendres avec
leur progéniture, dans la paix la plus
profonde.

Il y a dans la Vendée peu de paysans
riches ; mais ils sont tous aisés, parce
qu'ils sont sobres, économes, infati-
gables au travail.

Rien n'est changé dans les anciens

costumes, dans le logement, les meubles, la manière de se nourrir, de danser même. Le paysan dont je parle, après tant de combats et de malheurs, est toujours l'ancien peuple.

Le Vendéen qui a fait les premières guerres parle de ses combats avec la fierté du soldat; mais sa fierté est sans arrogance; elle n'est pas celle de l'individu, elle est celle de la masse des anciens combattans.

Toujours victimes de la perfidie politique et de leur propre dévouement, toujours trompés par leurs espérances, toujours mis en avant par l'ambition ou l'imprudente inexpérience de quelques hommes, toujours vaincus par les armes, ou divisés par l'intrigue, les Vendéens ont contracté un esprit de méfiance que le tems et les événemens n'ont que trop justifié, et ils sont plus las qu'on ne peut le dire des insurrections.

Dans sa vie uniforme le paysan vendéen est tellement attaché au sol, il est tellement inhérent à son pays, qu'il n'en sort que quand la force l'en arrache.

Les danses, les réunions de famille

ont quelque chose de patriarchal dont la vue émeut la sensibilité du voyageur, et qui est bien remarquable dans un siècle où le luxe a tout dénaturé, même parmi les hommes de la classe la plus inférieure.

Le Vendéen a un courage froid qui vient de l'ame, il envisage le danger avec calme; mais son courage est moins celui de l'individu, que celui de la famille. Le Vendéen va jusqu'à l'intrépidité, mais il ne faut pas qu'il soit seul, il faut qu'il soit entouré de ses vieux camarades : quand il est isolé, c'est un homme comme un autre et plus timide peut-être. Sous l'habit militaire qu'il n'aime pas, il n'est qu'un soldat de la foule.

L'organisation insurrectionnnelle de ce pays est tellement établie par l'usage qu'il ne sera jamais possible d'y rien changer. Jamais le Vendéen ne changera ses habits de paysan pour ceux de soldat : on ne le formera donc jamais en régimens, c'est-à-dire qu'il n'y aura jamais d'armée vendéenne, c'est dire que la Vendée ne sera jamais à craindre pour le gouvernement.

Voici son organisation :

1º. Le territoire est divisé par contrées qui ont chacune un chef nommé *général*, ayant un état-major. Les hommes de la contrée qui prennent les armes, ne reconnaissent que les ordres de leur général.

De là l'indépendance, la rivalité, la désunion, et souvent l'inimitié des chefs de ce qu'on nomme fort improprement les armées ; de là l'impossibilité d'un concert dans les plans, et encore plus dans leur exécution, et dans les intérêts.

Le quartier-général est mobile : il se tient dans un village, dans un château, dans une métairie.

Les généraux sont des gentilshommes.

2º. Chaque contrée a ses chefs de division ; la plupart sont des braves éprouvés, pris hors de la noblesse ; c'est dans ces chefs que réside le vrai pouvoir militaire et surtout l'influence morale. Un chef de division qui ne serait pas agréé par le pays qu'il aurait à commander, se trouverait sans soldats. Le Vendéen ne suit pas ceux

qu'on lui donne , mais ceux en lesquels il a confiance.

Les chefs de division sont les hommes de leur pays, de leurs compatriotes,
et non les hommes de la noblesse ou
du clergé. Aucun général, fût-il maréchal de France , ne leur dicterait des
lois au conseil.

On a vu très-souvent les ambitieux
qui provoquaient un soulèvement,
échouer devant la résistance des chefs
de division ; car sans eux point de
mouvement possible ; or ils ne veulent
pas plus que le reste de la France le
rétablissement de la vieille aristocratie
avec ses priviléges.

5o. Les divisions se sous-divisent en
cantons et enfin en paroisses, ayant leurs
chefs particuliers qui sont nécessairement aussi aggréés ou nommés par les
combattans ; en sorte que ce n'est point
à cause de sa naissance qu'un gentil-
homme les commande, mais parce
qu'il est de leur choix, ce qui rend les
gentilshommes fort populaires.

Comme l'on voit, cette organisation
constitue une sorte d'impuissance militaire, presque complète dans la dé-

fense du pays, et absolue dans l'attaque.

Comme l'on voit, la Vendée militaire est presque républicaine, et non seulement les priviléges de naissance n'y existent point, mais encore toute la force réelle est dans la main des hommes qui ne sont pas nobles, ce qui n'empêche pas que les gentilshommes, qui ont fait leurs preuves de courage ou de bonté, n'y soient plus respectés que les simples citoyens.

Les Vendéens ne savent et ne sauront jamais attaquer, fortifier, défendre et conserver une position militaire. Ils ne sauront jamais se ranger en bataille, ni manœuvrer, ni faire une retraite en bon ordre, ni même se garder durant la nuit. Ils n'auront jamais ni cavalerie, ni infanterie ; toutes leurs forces consisteront toujours en habiles tirailleurs volontaires, qui courront à leurs travaux, au sortir du combat, et qu'on ne gardera jamais ni en ligne ni en garnison.

En un mot, jamais la Vendée ne se lèvera pour la contre-révolution, ni pour servir des ambitions individuelles;

il faut à la Vendée du repos, du repos, encore du repos, et un gouvernement qui sera juste avec elle n'aura jamais à y combattre, même des révoltes locales.

Sur quoi pourraient donc se fonder et la présomption des hommes qui parleraient de faire soulever la Vendée, et la crainte de ceux qui la redouteraient ?

Les Vendéens ne passeraient pas la Loire après une victoire qui aurait anéanti l'armée envoyée contre eux ; montrer assez le ridicule des hommes qui font de la Vendée une terre de conquérans.

On s'abuse sur les anciens triomphes de la Vendée, et il importe donc d'éclairer ceux qui sont livrés à la dangereuse croyance qu'elle pourrait faire encore ce qu'elle fit alors.

En 1793, la Vendée était fanatique, j'ai dit qu'elle ne l'est plus.

La population tout entière prit les armes, et c'est ce qu'on ne reverra pas.

La politique de la convention entretenait la guerre de la Vendée, comme un cautère politique (ce furent les expressions du comité de salut public); en tuant Westermann, on alla jusqu'à lui dire : « Nous t'avions dit de faire la guerre, et non de la finir. »

En 1793 et 1794 on alimentait donc la Vendée d'armes et de munitions qu'on lui livrait dans les déroutes calculées. On n'envoyait pour la combattre que des rebuts militaires, ou des paysans conduits par des *machines* habillées en généraux.

La Vendée n'avait aucunes routes; on n'en connaissait point l'intérieur; l'enthousiasme y était au comble; on y avait le gouvernement d'alors en exécration.

Tout a bien changé. La Vendée est percée, elle est connue, elle a été fouillée dans tous les sens; et il a suffi, en 1815, de quelques régimens pour lui dicter la soumission.

Le dernier soulèvement, les malheurs inutiles qu'il a occasionnés ont achevé de décourager les Vendéens. Ils ne veulent donc plus de guerre, quoiqu'ils soient toujours fidèles à la cause des Bourbons.

Si, en 1815, on avait pris la route de Cholet, si on y avait concentré les forces, le trésor, et tous les moyens du gouvernement, la Vendée eût sauvé la monarchie ; mais il ne suit pas de là qu'elle en soit aujourd'hui le soutien, ou qu'elle puisse inquiéter en rien le gouvernement.

Je le répète, la Vendée est une terre de paix ou de refuge, mais non une terre militaire.

Les évènemens malheureux de 1815, la mort funeste du courageux et loyal la Roche - Jaquelin, vrai chevalier français, vrai royaliste désintéressé, comme au tems de Henri, ont produit dans la Vendée des divisions intestines, des scissions qui ne finiront de long-tems, non seulement parmi les chefs, mais aussi parmi les soldats : et les résultats de ces brouilleries sont tels, qu'à moins de circonstances très-extraordinaires, il serait impossible aujourd'hui d'opérer dans la Vendée le moindre mouvement, je ne dirai pas général, mais local.

Ces brouilleries qui semblaient en elles-mêmes si peu importantes, ont donc eu les conséquences les plus graves, car elles ont éteint pour toujours le foyer de la guerre civile, et l'irritation des petites vanités a enfin produit un bien incalculable, en compensation de tant de maux qu'elle a conjurés, en d'autres lieux contre la France.

Oh! si l'on pouvait savoir combien il en a peu coûté d'efforts et d'habileté pour préparer et développer ces brouilleries, quelle mesure on aurait de la facilité avec laquelle on peut étouffer les partis!

On trouve dans la Vendée une population assez nombreuse qui s'éloigne de celle que je viens de peindre; elle se compose de familles nouvelles qui sont venues remplacer le vide qu'avait occasionné la guerre de 1793 et de 1794, vide affreux!

Ces nouveaux habitans se trouvent plus particulièrement dans les villes et les bourgs, et ils ressemblent plus aux Français du reste du royaume qu'à ceux de la vieille population vendéenne. Néanmoins le voisinage, où peut-être l'exemple de leurs voisins exercent sur eux une influence sensible,

Il y a dans la Vendée comme partout ailleurs, et plus particulièrement dans les villes et les bourgs, des ambitieux, des brouillons, avides de troubles, parce qu'il sont avides de places, de grades, de faveurs, il y a des coureurs de fortune, des agitateurs, mais ils sont dépourvus de tout crédit sur l'esprit de la bonne et estimable masse que j'ai peinte.

Il est donc tout différent de dire : « Il y a des troubles dans la Vendée, où la Vendée se soulève. » Et cette remarque est de la plus grande importance; car elle explique tous les faux bruits, elle les met au néant, et comme elle est rigoureusement vraie elle doit bannir des esprits toute épouvante.

La Vendée a aussi ses *chouans* qu'il faut bien se garder de confondre avec la masse qui est en opposition complette avec eux d'intérêt, de vues, de mœurs et d'opinions.

Je dirai un autre jour ce que sont les chouans. Mon pinceau n'employera pas les mêmes couleurs. Quand on veut être vrai, il faut peindre la nature, il n'y a que les flatteurs et les jongleurs qui donnent des tableaux de fantaisie pour des tableaux ressemblans.

J'ai peint un bon peuple, des hommes pleins de courage et de probité, mais je n'ai peint que des paysans, toujours paysan, jamais soldats.

Peureux, rassurez-vous donc et ne tremblez plus au seul nom de la Vendée.

Et vous, hommes qui fîtes tant de folies et de faux calculs, vous qui les payâtes si cher, et qui nous entraînâtes d'abymes en abymes, en nous accusant des maux dont vous affligiez la patrie, cessez de rêver victoires, désenivrez-vous ; la Vendée appartiendra toujours au gouvernement, jamais aux factions, ni aux réactions.

Je veux revenir encore sur ce bon peuple, je ne me lasse point de parler de lui avec éloge.

Le Vendéen porte le dévouement aussi loin qu'il peut aller pour son camarade, pour un persécuté, pour un bienfaiteur ; il ne connaît pas l'ingratitude, fille de la vanité, du luxe, e l'oisiveté et de l'ambition.

Le endéen ne se contente pas de pratiquer la probité, il l'exige encore dans son voisin. Un malfaiteur ne peut agir long-temps dans l'ombre : car tous les yeux le surveillent, et l'on voit rarement commettre des crimes dans la Vendée.

Je veux finir par un trait que je ne cite pas comme extraordinaire, mais comme mesure de l'honnêteté vendéenne.

Dans les désastres de la première guerre, une métairie avait été brûlée comme toutes les autres, et la famille qui l'exploitait avait péri.

Le propriétaire n'avait osé pénétrer dans le pays, et il avait passé quatre années sans toucher aucun revenu, sans savoir même si sa propriété était exploitée.

Il voit arriver chez lui un paysan bien timide, bien tremblant, qui le nomme son maître.

« Je suis bien en crainte avec vous, *nout méetre* : je suis votre métayer, de....., je me suis établi sur vos terres, sans votre permission, j'ai rebâti la méfaire ; je ne me suis, Dieu merci, point si mal arrangé, et je viens vous apporter quatre années de ferme, en vous demandant bien pardon d'avoir attendu si long-temps. (C'était des écus qu'il apportait pour une jouissance en papier).

» Mais ce qui me met le plus en crainte avec vous, c'est que, sans vous en demander la permission, j'ai abattu des chênes sur les terres, pour faire la reconstruction, et j'ai bien peur que cela ne vous fâche contre moi, car je n'avais pas ce droit-là... »

Par un seul jugez de tous les autres.

Vous, auxquels on voudrait faire peur des Vendéens, apprenez à les estimer, à les aimer ; allez leur demander un azile, si jamais vous êtes menacés par le fer d'un persécuteur. Un malheureux, un homme de bien sera toujours en sûreté parmi les Vendéens. On pourrait peut-être encore prendre les armes dans la Vendée, mais on n'y trouvera que le fer du dévouement, jamais le fer assassin.

FIN DU TOME V.

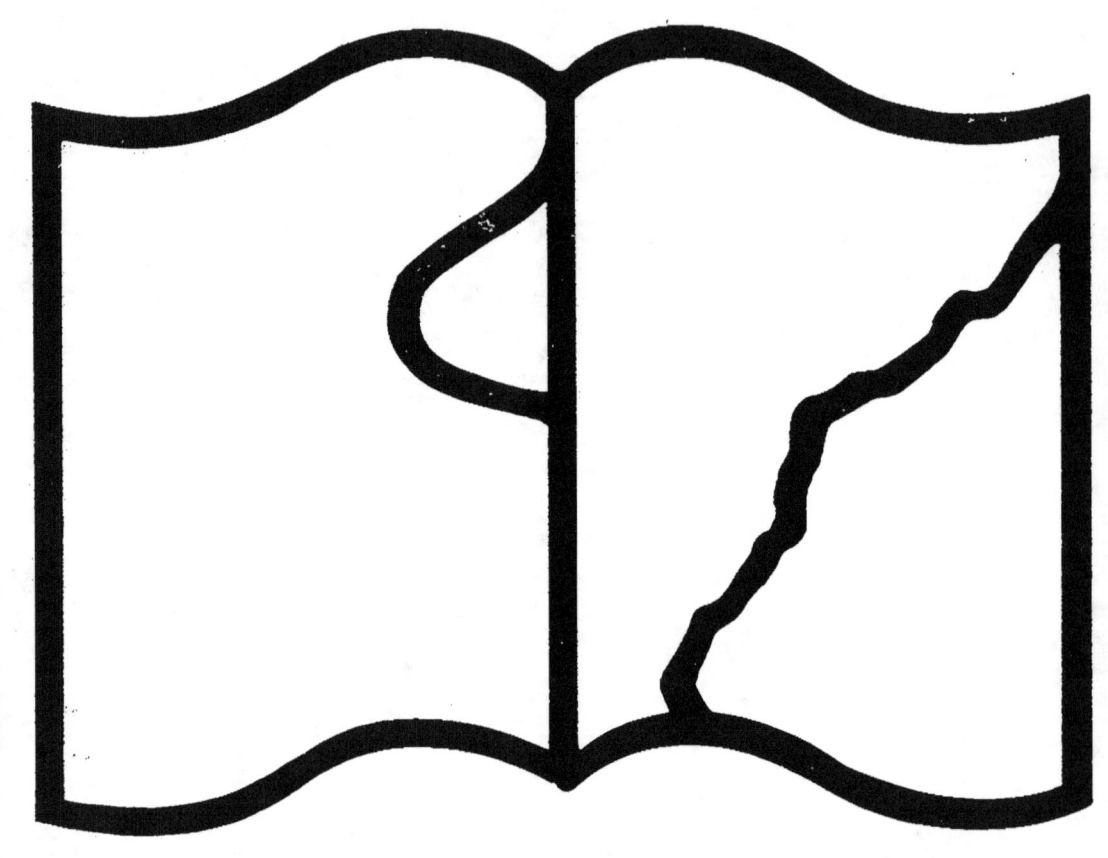

Texte détérioré — reliure défectueuse

NF Z 43-120-11

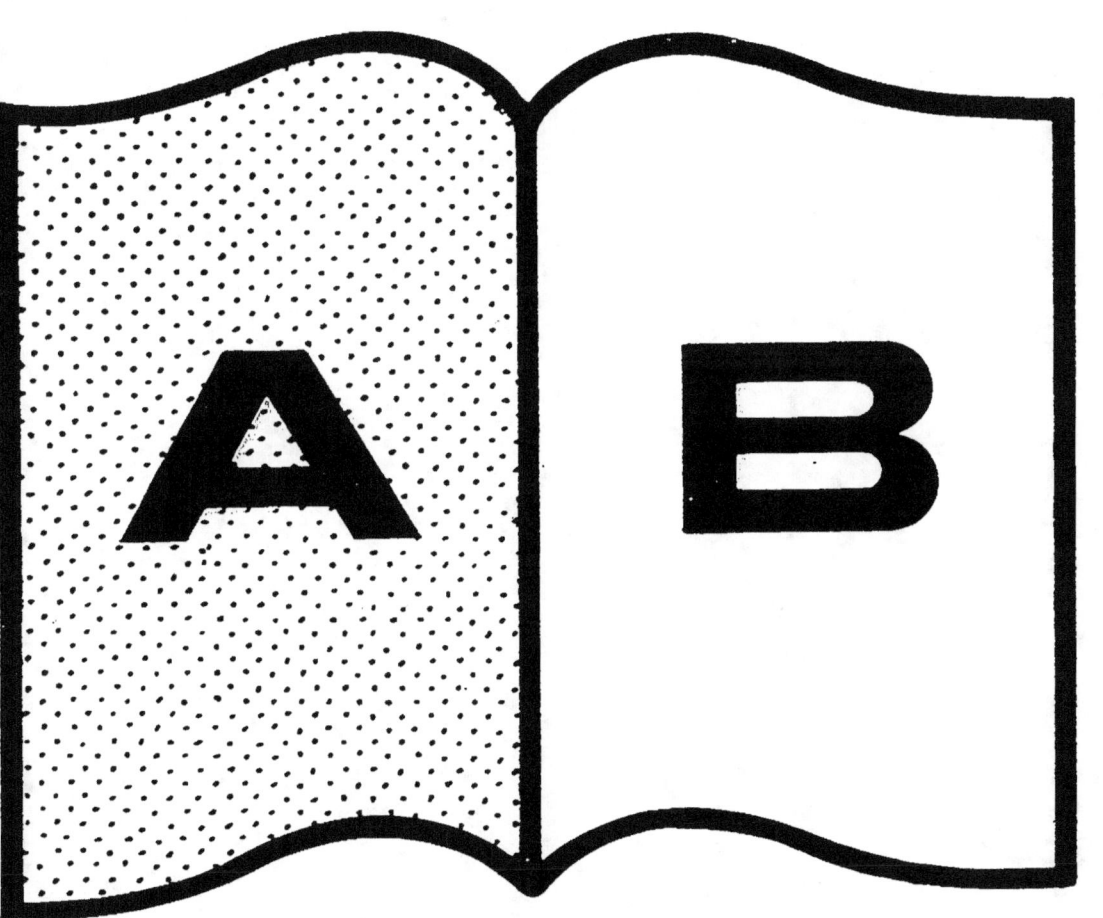